Bianca

DISCARD

ESCÁNDALO EN LA CORTE
CAITLIN CREWS

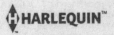

Editado por Harlequin Ibérica.
Una división de HarperCollins Ibérica, S.A.
Núñez de Balboa, 56
28001 Madrid

I.S.B.N.: 978-84-687-9548-5
Depósito legal: M-10110-2017
Impresión en CPI (Barcelona)
Fecha impresion para Argentina: 25.12.17
Distribuidor exclusivo para España: LOGISTA
Distribuidores para México: CODIPLYRSA y Despacho Flores
Distribuidores para Argentina: Interior, DGP, S.A. Alvarado 2118.
Cap. Fed./Buenos Aires y Gran Buenos Aires, VACCARO HNOS.

Capítulo 1

H ABÍA algunas invitaciones que no podían ser rechazadas por una mujer sensata.

Y aquella en concreto había sido escrita en persona por uno de los hombres más famosos de la tierra. El escueto mensaje que incluía había resultado misteriosamente intrigante.

Reúnase conmigo en Montecarlo.

Y aunque Brittany Hollis ya había experimentado muchas cosas a sus veintitrés años, incluyendo haber sido vilipendiada en al menos dos continentes debido a su colección de matrimonios estratégicos, su aparición en un *reality show* en el que interpretó el papel de malvada, y su peculiar insistencia en negarse a confirmar o negar los escandalosos rumores que circulaban sobre ella, siempre se había considerado una persona sensata.

De hecho, demasiado sensata para su propio bien. O, al menos, eso había pensado siempre. Así era como una virgen intacta había llegado a ser conocida en todo el planeta como una de las mujeres más desvergonzadas que lo habitaba. A pesar de todo, siempre había logrado mantener el control y permanecer por encima de cualquier comentario insidioso, pues ella era la única que conocía la verdad.

Y aunque la hubieran llamado «mercenaria», y cosas mucho peores, su habilidad para mantener siempre la mirada puesta en su objetivo como si fuera lo único que le importara era la mejor forma que conocía de llegar a alcanzar la isla tropical de sus sueños.

Algún día lo lograría. Estaba segura de ello. Pensaba pasar el resto de su vida bebiendo cócteles y disfrutando del sol y la brisa junto al mar sin molestarse en recordar ni por un instante la época en que había sido cruelmente retratada por la prensa amarilla como un ser artero, amoral y malvado.

Brittany estaba impaciente por lograrlo. Había pasado años enviando la mitad del dinero que ganaba a los miembros de su familia, que la tildaban en público de ser un diablo, pero se ocupaban de cobrar regularmente sus cheques y de pedirle siempre más. Pero su querida abuela habría esperado que se ocupara de cumplir con su obligación después de que, diez años atrás, el huracán Katrina se hubiera llevado por delante las posesiones de su madre soltera y de casi toda su familia, dejándolos prácticamente en la indigencia en Gulfport, Mississippi.

Y Brittany había hecho lo posible por cumplir con su obligación. Año tras año, del único modo que sabía, con las únicas armas que poseía: su aspecto, su cuerpo y la fuerza de carácter que había heredado de su abuela, aunque mucha gente pensara que no era más que una tonta sin cerebro. Su medio hermana más joven estaba a punto de cumplir diez años, lo que significaba que aún faltaban ocho para que pudiera comunicar a los miembros de su familia que, para variar, debían empezar a buscarse la vida por sí mismos.

Aunque probablemente utilizaría palabras bastante más duras para comunicárselo.

Entretanto, ahorraba el resto del dinero que ganaba para poder cumplir su sueño de retirarse aún joven a alguna remota isla del Pacífico. Cuando aún estaba en el instituto había visto fotos del archipiélago Vanuatu y había decidido que quería vivir en aquel paraíso. Y cuando lo lograra no pensaba volver al sórdido mundo en que habitaba.

Nunca.

Sin embargo, antes de aquello le aguardaba el elegante esplendor de Mónaco y el hombre que la había citado en el espectacular e icónico casino de Montecarlo *para tratar de una proposición que resultaría beneficiosa para ambos*. Aunque Brittany no había sido capaz de imaginar de qué podía tratarse, pues no creía tener nada en común con aquel hombre excepto cierto grado de notoriedad internacional... aunque la de este estuviera basada en hechos documentados.

Documentados y a menudo expuestos en internet.

A pesar de todo, Brittany entró en el casino aquella tarde a la hora acordada. Y también se había vestido de forma adecuada para ello. Los civilizados pecados de Montecarlo siempre habían estado envueltos en un barniz de sofisticación y elegancia, y ella no había querido desentonar. Su vestido, de un discreto brillo dorado, caía desde un nudo en uno de sus hombros hasta sus elegantes zapatos de tacón a juego. Sabía que el vestido le hacía parecer a la vez apetecible y cara, algo adecuado para una mujer cuya propia madre la llamaba prostituta en su propia cara. Pero también ayudaba a transmitir una imagen de evidente sofisticación con cada paso que daba, algo que ayudaba a una chica blanca de los arrabales de una ciudad de Mississippi a fundirse adecuadamente con el fondo de glorioso mármol y delicadas hojas doradas que la rodeaban por todas partes. Y a Brittany se le daba especialmente bien fundirse con su entorno.

Sintió el impacto del hombre que había acudido a ver a Mónaco bastante antes de verlo. Se hallaba sentado a una de las mesas de juego más arriesgadas del casino, rodeado por la habitual corte de lacayos y admiradores que siempre solían acompañar a aquella clase de personajes.

La multitud se apartó a su paso y lo vio, sentado con actitud indolente, sin prestar aparente atención al juego, dejando ver que el hombre anteriormente conocido como Su Serena Majestad el Archiduque Felipe Skander Cairo de Santa Domini era tan rico y estaba tan hastiado de todo que no necesitaba prestar atención a sus apuestas ni siquiera cuando las estaba haciendo.

Cairo Santa Domini, el rey heredero exiliado del pequeño país alpino que llevaba su apellido, y el único superviviente de un augusto y reverenciado linaje familiar que se remontaba cinco siglos atrás en la historia. La prensa solía calificarlo como «el azote de las mujeres europeas moralmente comprometidas», aunque también solía decirse que cualquier mujer de reputación impecable podía verse comprometida por el mero hecho de estar a su lado, aunque fuera en alguna aburrida y sosa función oficial.

Al parecer, Cairo Santo Domini, se había empeñado en recordar al mundo con su disoluto y escandaloso comportamiento por qué no debía seguir tolerándose el exceso de antiguas monarquías que aún anidaban en el mundo.

Aquel era el hombre que había citado a Brittany en el casino, y ella sabía bien de quién se trataba. A pesar de todo, el impacto de verlo en persona fue tal que se quedó paralizada en medio del casino. A pesar de estar habituada en sus relaciones a un juego de espejos y miradas, de sutiles sugerencias y simulado desinterés, se sintió incapaz de seguir avanzando.

Y cuando Cairo volvió la mirada hacia ella, una mirada atrevida y a la vez perezosa, Brittany temió no volver a ser capaz de moverse nunca más.

Había visto cientos de fotos de aquel hombre y ya sabía que era guapísimo. Pero también sabía que casi siempre suponía una decepción ver en carne y hueso a los personajes que tan atractivos resultaban en las imágenes de las revistas y las pantallas.

Sin embargo, aquel no era el caso de Cairo.

Poseía una de aquellas cautivadoras y carnosas bocas europeas que le produjo de inmediato un peculiar cosquilleo en la boca del estómago y le hizo imaginar besos ardientes y desesperados en frías ciudades de arquitectura barroca llenas de tiendas de peculiares reposterías, cuando lo cierto era que llevaba años sin imaginarse a sí misma siendo besada por nadie. Su cabeza, grande y perfecta, estaba cubierta por una mata de pelo intensamente negro ligeramente revuelto y cuidadosamente descuidado.

¡Y sus ojos! En las fotos ya se notaba que eran realmente especiales, intensos y bonitos, pero en persona resultaban increíblemente maravillosos. No había otra forma de definirlos. Su exultante color caramelo hicieron que Brittany sintiera que se derretía dulcemente de la cabeza a los pies. La boca se le hizo agua y, a pesar de la distancia que los separaba, sintió que el calor que emanaba del cuerpo de Cairo la envolvía y penetraba hasta el rincón más recóndito de su cuerpo.

Jamás en su vida había experimentado algo parecido a aquello.

Brittany había sido prácticamente inmune a los hombres desde que había visto a los primeros novios de su madre deambulando borrachos por el miserable remolque en que vivían, cuando aún era una niña. El hecho de que hubiera estado casada ya tres veces por motivos meramente prácticos no le había hecho cambiar de opinión sobre el sexo opuesto. Y, desde luego, ninguno de sus exmaridos la había afectado nunca de aquel modo.

Apartó instintivamente los ojos de la atenta mirada de Cairo para deslizarlos por el resto de su cuerpo. La exquisita y oscura camisa que vestía se ceñía como un guante a su espléndido y masculino torso, y la chaqueta, también oscura, hacía que su varonil mandíbula, apenas cubierta por una sombra de barba, resultara aún más decadente y atractiva. Sus piernas, atléticas, largas y cubiertas por unos pantalones negros que debían costar más que las hipotecas de algunas personas, estaban ligeramente extendidas ante su cuerpo, con la indolencia de alguien para quien las afamadas mesas de Montecarlo no eran más que un mero accesorio.

Como ella misma, comprendió Brittany al ver que Cairo alzaba una de sus oscuras cejas con una expresión mezcla de aburrimiento y autoridad a la vez que doblaba imperiosamente un dedo para indicarle que se acercara. Todos sus instintos le gritaron que se diera la vuelta y saliera corriendo, que huyera y se alejara de aquel hombre antes de que la destruyera.

Aquel último pensamiento le hizo temblar como si se tratara de una terrible profecía.

Trató de alejar aquella sensación diciéndose que solo eran meras imaginaciones suyas, meras tonterías.

A pesar de todo avanzó hacia Cairo con una expresión ligeramente burlona, como si no lo hubiera reconocido de inmediato, como si solo se hubiera detenido en medio del casino porque no había estado segura de qué dirección tomar, no porque se hubiera quedado paralizada al verlo.

—¿Es usted Cairo Santa Domini? —preguntó, remarcando un poco su acento sureño para conseguir un efecto más dramático. Sabía que aquel acento solía hacer creer a los que lo escuchaban que estaban hablando con alguien un poco tonto, algo que a ella siempre le había gustado utilizar para su propio provecho.

Como era de esperar, su falsa incapacidad para identificar a uno de los hombres más reconocibles de la tierra fue recibida con expresiones de asombro y murmullos de incredulidad por parte de quienes los rodeaban.

La boca de Cairo, un estudio labrado de pura sensualidad que parecía directamente conectado con el estómago de Brittany, se curvó apreciativamente.

–Me temo que sí –su voz sonó a oídos de Brittany como chocolate derretido, espesa, profunda, con un ligero e intrigante acento–. Pero solo porque nadie más ha decidido dar un paso adelante para ocupar mi puesto, por mucho que yo me haya empeñado en cederlo.

–Una lástima –Brittany se detuvo justo al borde de las piernas separadas de Cairo, segura de que apreciaría el simbolismo. Al ver cómo se intensificaba el brillo de sus ojos supo que así había sido–. Pero supongo que nadie más en el mundo podría alardear de un pene tan infatigable como el suyo y de sus innumerables y lascivas conquistas, ¿no? A fin de cuentas ¿qué supone un reino perdido comparado con eso?

Brittany fue muy consciente del revuelo que provocó a su alrededor lo que acababa de decir. Y aquello era precisamente lo que había pretendido. Sin embargo, no fue capaz de apartar la mirada del sonriente hombre ante el que se encontraba, aunque notó que aquella sonrisa no llegaba a alcanzar sus ojos.

–Y supongo que usted es la señorita Hollis.

Brittany estaba segura de que la había reconocido de inmediato, pero sabía que todo aquello formaba parte del juego, de manera que se limitó a asentir condescendientemente.

–He vivido en el exilio casi toda mi vida –continuó Cairo un momento después sin dejar de mirarla–. Solo los revolucionarios me consideran rey hoy en día, pero supongo que es mejor no contar con esa clase de lealtad, pues suele ir acompañada de gobiernos derrocados y ciudades destruidas –Cairo ladeó la cabeza de un modo que hizo comprender a Brittany que, por muy bajo que hubiera caído, había sido criado para gobernar un país–. Espero que haya llegado hoy hasta aquí sin mayores incidentes. Montecarlo no es exactamente el vestíbulo de las alcantarillas de París. Espero que aquí no se encuentre... fuera de lugar.

Brittany no había esperado que aquel playboy perteneciente a la realeza pudiera ser tan perspicaz. No se le había pasado por la cabeza que pudiera insultarla con tanta maña. A pesar de sí misma, no pudo evitar sentir cierta admiración por aquella cualidad.

—Como suele decirse, las aguas buscan por sí mismas su propio nivel –dijo antes de esbozar una radiante sonrisa–. Y por eso estoy aquí.

Los carnosos labios de Cairo se curvaron de nuevo y Brittany volvió a sentir que alentaban el rescoldo de fuego que, incomprensiblemente, había comenzado a arder en su interior nada más verlo.

—Sin duda debe sentirse halagada por el hecho de que me haya fijado en usted. Por no decir nada sobre mi invitación –dijo Cairo mientras se ponía en pie–. Sin embargo, no parece estar disfrutando de su buena suerte, *cara*.

A pesar de los altos tacones que calzaba, Brittany tuvo que alzar la mirada hacia su rostro.

—Desde luego que me siento muy afortunada, su excelencia –replicó en un tono exagerada e insultantemente educado–. Realmente afortunada.

A pesar del evidente tono burlón que utilizó, Brittany no se sentía en su salsa. No entendía por qué se sentía prácticamente hipnotizada por la presencia de aquel hombre, pues todo el mundo sabía que, por muy poderosa que resultara su imagen, no era más que un típico gandul contemporáneo.

El modo en que Cairo entrecerró por un instante los ojos le hizo pensar en el seco sonido de un latigazo.

–Vi su actuación –dijo.

Brittany contuvo la respiración. ¿Había estado allí? ¿Entre la audiencia del pequeño club al que el mero hecho de asistir hacía que los personajes más ricos y consentidos del mundo imaginaran que estaban tonteando con el lado más salvaje de sus caprichosas y pequeñas vidas? No podía creer que no hubiera sentido la intensidad de su presencia.

–Tiene una forma muy interesante de abordar el arte de la parodia, señorita Hollis –continuó Cairo–. Todos esos insinuantes paseos por el escenario, enseñando de esa aterrorizadora manera los dientes ante su público, retándolos a negarle sus ofertas de unos cuantos billetes a cambio de poder echar una lasciva ojeada a su diminuta ropa interior... Creo que estaría mejor con un látigo en la mano, simulando un completo desinterés por las fantasías habituales del resto de los mortales.

A pesar del temblor interior que le produjo el preciso retrato que Cairo acababa de hacer de la actuación que había llevado a cabo para conseguir algunos titulares escandalosos más, Brittany logró sonreír con ironía.

–Veo que se fijó atentamente en mi actuación. ¿Acaso está escribiendo una crítica para algún periódico?

—Considérelo la estudiada reacción de un ardiente fan de esa forma de arte.

—No sé qué me sorprende más, si el hecho de que todo un aristócrata como usted acudiera a ese club de las «alcantarillas de París», o que esté admitiendo haberlo hecho a la vista de toda esta exigente elegancia de Montecarlo —Brittany se inclinó ligeramente hacia delante antes de susurrar—: Supongo que es consciente de que sus desesperados acólitos lo están escuchando. Debería tener más cuidado, su exiliada Majestad.

—Tenía la impresión de que mi comportamiento ya no suponía ninguna conmoción para nadie, o al menos eso me ha hecho llegar a pensar la aburrida prensa británica. En cualquier caso, ¿cree realmente que ese regreso a los tugurios de su conocido pasado suponen una buena inversión en su futuro? Había llegado a creer que con su último matrimonio había tratado de cambiar de rumbo. Fue una pena lo del testamento. Se lo digo como amigo, por supuesto —añadió Cairo con una demoledora sonrisa.

—Me sorprendería mucho que tuviera algún amigo de verdad —replicó Brittany mientras le devolvía la sonrisa—. Pero, si me permite hacer un inciso, poder echar un vistazo a mi diminuta ropa interior se consideraría un regalo muy generoso en determinados círculos que usted conoce muy bien.

—Vamos, vamos, señorita Hollis. Al final no se desnudó, como se había anunciado a bombo y platillo. De hecho, apenas actuó, a pesar de que se suponía que la oportunidad de ver desnuda a la desgraciada viuda de Jean Pierre Archambault era la principal atracción del espectáculo. Todo resultó ser una lamentable farsa.

Brittany se encogió de hombros con delicadeza.

–Supongo que ello supuso una experiencia novedosa para un hombre tan bien conocido por sus depravadas costumbres.

Cairo ladeó la cabeza mientras le dedicaba una mirada que no habría podido ser calificada precisamente de amistosa. Por algún motivo, aquello hizo que resultara aún más atractivo.

–Todo el mundo sabe que ni siquiera fue capaz de terminar sus estudios en el instituto.

Brittany no mostró la más mínima reacción ante aquel brusco cambio de tema, una simbólica e innecesaria bofetada para ponerla en su sitio, pues nunca había lamentado nada de lo que había hecho para escapar de su miserable existencia en Gulfport.

–¿Y cómo califican el hecho de que usted tampoco pudiera terminarlos a pesar de haber acudido a un colegio privado tras otro? –preguntó con dulzura. A fin de cuentas «Su Majestad» no era el único que tenía acceso a Internet–. ¿Cuántos fueron? ¿Seis o siete? Sé que los obscenamente ricos tienen sus propias reglas, pero tenía la impresión de que sus numerosas expulsiones significaban que, al igual que yo, está pasando por la vida sin el título de bachiller. Tal vez incluso podríamos acabar siendo buenos amigos...

Cairo ignoró las palabras de Brittany, aunque esta creyó captar cierto destello de aprecio en su mirada.

–Huyó a los dieciséis años en compañía de su primer marido. Y menuda elección. Era lo que podríamos llamar...

Cairo se interrumpió, como en deferencia por sus sentimientos. O como si de pronto hubiera recordado sus modales.

Brittany rio.

–Consideraba a Darryl una forma de salir de Gulfport, Mississippi –replicó–. Y le aseguro que uno quiere salir de allí corriendo, sin preocuparse por lo que tenga que hacer para conseguirlo. Pero supongo que habiendo crecido mimado y adorado en alguna de las numerosas propiedades de su familia en el extranjero usted nunca tuvo que tomar ese tipo de decisiones.

–Sin embargo, su segundo marido resultó mucho más adecuado para el estilo de vida al que no tardó en acostumbrarse, ¿verdad? Acabaron haciéndose bastante famosos en aquel lamentable programa de televisión que protagonizaron.

–*Hollywood Hueste* duró dos temporadas en pantalla, y se considera uno de los *reality shows* menos atroces de los muchos que hay y ha habido. Y la mayoría de los televidentes estaban obsesionados con la historia de amor entre Chaz y Mariella, no con la mía con Carlos.

–La historia del «artista» del tatuaje y la triste secretaria que lo alentaba a seguir los impulsos de su corazón para convertirse en un verdadero paisajista –dijo Cairo con ironía.

Brittany rio abiertamente.

–Historias fascinantes, sin duda.

Todo había sido completamente falso, por supuesto. A Carlos le dijeron que el personaje gay para cuya prueba se había presentado ya había sido elegido, pero que había una oportunidad para los personajes de una chica mala y su desafortunado marido, con la condición de que estuvieran realmente casados. Brittany era la única mujer que había conocido Carlos que tuviera tantas ganas como él de salir de Texas, de manera que no tuvieron que pensárselo demasiado. Lo cierto era que, tras su experiencia con Darryl, Brittany no tenía en especial estima la institución del matrimonio, de manera que no mostró remilgos al respecto. Carlos y ella permanecieron juntos el tiempo suficiente para hacerse famosos en el mundillo de los *reality shows* y, cuando los índices de audiencia comenzaron a desplomarse, Brittany «dejó» dramáticamente a su marido para que Carlos pudiera lamentarse de ello en la prensa amarilla y conseguir un nuevo programa gracias a la publicidad. Ella quedó como la típica fulana de clase baja que había arruinado la vida de un buen hombre, dulce, pobre y joven.

—Jamás lo habría imaginado como un fan de aquel *reality show* —dijo con una ceja alzada—. Ni de ningún otro, la verdad. Suponía que los habitantes de su estrato social solían deambular por ahí simulando leer como mínimo a Proust.

—Paso mucho tiempo viajando, y no suelo dedicarlo precisamente a leer a Proust —replicó Cairo con indiferencia—. Y por cierto, ¿aún estaba casada con Carlos cuando conoció a Jean Pierre?

Brittany no necesitó esforzarse para dejar escapar una risa completamente falsa.

—Su Majestad parece estar confundiendo mi currículum con el suyo.

–Hablando de Jean Pierre, que descanse en paz, ¿qué fue lo que llegó a reunirlos? A fin de cuentas él era una anciano confinado a una silla de ruedas al que le quedaban pocos meses de vida y, sin embargo, usted... –Cairo dejó sin concluir la frase mientras deslizaba una lenta y expresiva mirada por la figura de Brittany.

–Compartíamos nuestro común interés en las ciencias aplicadas, ¿qué si no? –replicó ella con alegre desparpajo.

–Un interés que, evidentemente, los hijos de Jean Pierre no compartían, dado que apenas tardaron unas horas en echarla del castillo cuando su padre murió. Además, luego fueron con el cuento a la prensa. Una lástima.

–Su invitación no mencionaba que íbamos a dedicarnos a estos juegos biográficos –dijo Brittany animadamente, como si le diera igual ser eviscerada en público de aquella manera–. Lamentablemente, no he venido preparada para ello. Pero veamos... –añadió a la vez que sujetaba su bolso bajo el brazo y empezaba a señalarse los dedos uno a uno–. Sangre real. Sin trono. Casi siempre desnudo. Ocho mil mujeres. Un montón de escandalosas cintas de sexo...

–Me halaga, señorita Hollis –dijo Cairo, arrastrando sus palabras en un tono descaradamente condescendiente. A continuación alargó una mano hacia ella y deslizó con delicadeza el dedo índice por su piel, llevándolo desde el nudo dorado que pendía de su hombro hasta lo alto de la sombra que había entre sus pechos.

Brittany sintió que los latidos de su corazón arre-

ciaban. No le gustó nada el relampagueante cosquilleo
que recorrió su piel, ardiente y a la vez frío. Jamás
había reaccionado así ante ningún hombre. ¿Cómo era
posible que aquella mera caricia la hubiera afectado
de aquel modo?

–¡Su Excelencia! –logró exclamar a pesar de todo,
simulando sentirse realmente conmocionada. Habría
querido retirar el dedo de Cairo de su piel de un manotazo pero, consciente de que él esperaba precisamente aquella reacción, se inclinó hacia delante. El
dedo se introdujo entre el valle de sus pechos, pero
ninguno de ellos bajó la vista. Mantuvieron sus miradas el uno en el otro, ardientes y ligeramente des-
enfrenadas, y Brittany experimentó cierta satisfacción al comprobar que ella no era la única que se
había sentido afectada por el contacto. En un tono lo
suficientemente elevado como para que pudieran
escucharla en todo Montecarlo, añadió–: ¿De verdad
está flirteando conmigo?

Capítulo 2

POCO rato después Cairo de hallaba dando la espalda a la desconcertante norteamericana, con la mirada fija en la seductora y brillante imagen nocturna del puerto de Mónaco. La noche presionaba contra los grandes ventanales de su ático como aquella mujer sobre su compostura, a pesar de que lo único que estaba haciendo en aquellos momentos era permanecer sentada en silencio en el sofá. Podía ver su reflejo en los cristales y le irritaba que pareciera tan calmada mientras él estaba teniendo que hacer verdaderos esfuerzos por controlarse, algo muy desconcertante para un hombre supuestamente acostumbrado a desenvolverse en cualquier situación.

Pero lo cierto era que nada estaba yendo según lo había planeado.

Brittany Hollis no era en absoluto lo que había esperado. Cuando la había visto en televisión había sido todo curvas, pechos y un arrastrado acento sureño puntuado por insinuantes y poco sutiles burlas. Todo lo que había investigado sobre ella antes de elegirla para el dudoso honor de la proposición que pensaba hacerle había sugerido que poseía la clase de «talento» de las mujeres cuyas vidas giraban en torno a relaciones estratégicas con hombres ricos, pero no había esperado encontrarse con ninguna clase de inteligencia real.

Esperaba encontrarse con alguien tan torpe y hortera como sugería su escabroso pasado, con una mujer capaz de resultar públicamente bochornosa y desvergonzada todo el rato.

En pocas palabras, la mujer perfecta para él. Un hombre sin honor y sin país se merecía una pareja a juego, había concluido con amargura la noche que la vio bailar. Brittany Hollis parecía haber sido hecha de encargo para él.

En lugar de ello, la mujer que había acudido a su cita aquella noche había sido una auténtica visión, desde el color cobre pálido de su pelo al destello de acero ardiente de sus ojos color avellana oscuro, y tampoco había percibido en ella el más mínimo asomo de estupidez. No lo entendía. Enfrentarse a su mirada había sido como ser arrojado repentinamente de la silla de un caballo al galope y haber tenido que permanecer unos momentos en el duro suelo, preguntándose si alguna vez volvería a recuperar el aliento.

Ricardo, su jefe de seguridad, era quien había sugerido en primer lugar a aquella mujer, muy popular entre los aficionados a la prensa dedicada a los asuntos del corazón y el cotilleo, y tendría que responder por ello.

Pero, en aquellos momentos, Cairo iba a tener que enfrentarse a lo que había esperado que fuera tan solo una conversación de negocios en un estado de inquietud que no le gustaba nada.

—¿Me ha tendido una trampa para atraerme hasta su

elegante suite para enseñarme su colección de sellos, Su Habitualmente Más que Desnuda Majestad?

El tono de Brittany fue tan seco que Cairo lo sintió como un cepillo de fuego sobre su piel, un fuego que despertó en él un anhelo que jamás había esperado sentir por nada o por nadie excepto por su reino perdido y su gente. No entendía qué le estaba pasando, pues no había sentido absolutamente nada desde el día que había perdido a su familia y había comprendido lo que le esperaba si no tenía mucho cuidado, lo que el general Estes, el hombre que se había autoerigido en regente de Santa Domini, estaba dispuesto a hacerle si en algún momento de locura se le ocurría reclamar el trono que debería haber sido suyo.

–Es todo un sueño hecho realidad –continuó Brittany–. Siempre había querido unirme a un desfile tan populoso de queridas reales.

Con ironía o no, de lo que no había duda era de que la chica resultaba perfecta para sus propósitos.

Cairo lo había sabido en el instante en que Ricardo le había enseñado su foto. Incluso antes de que le dijera nada sobre la bonita pelirroja que llevaba tan poca ropa y miraba a la cámara con tanta distancia y misterio en sus oscuros ojos. Había sentido algo parecido a la inquietud al verla, y aquello lo había impulsado a acudir de incógnito a una de las escandalosas «actuaciones» de la joven en París. Y se había sentido más intrigado de lo debido al verla pasear con desparpajo por el escenario, retando a la audiencia con los sinuosos movimientos de su ágil y magnífica figura.

Después envió a uno de sus ayudantes con la invitación mientras seguía entrevistando a las demás candidatas, aunque lo cierto era que, después de haber visto a Brittany, lo había hecho sin ninguna convicción. Y eso había sido antes de enterarse de los escabrosos detalles de su vida, que la convertían en una elección especialmente desastrosa para un hombre al que algunas personas aún querían llegar a ver como rey algún día. Aunque el general Estes hubiera destronado al padre de Cairo cuando este aún era un niño, el paso del tiempo solo había servido para que los leales estuvieran cada vez más empeñados en recuperar el trono. Y aquello era algo que ponía en constante peligro tanto a Cairo como a la gente de Santa Domini, que no merecían otro golpe de Estado sangriento treinta años después, y menos aún si este era liderado por el príncipe playboy y cabeza hueca que Cairo se dedicaba a interpretar de cara a los medios de comunicación.

Además, Cairo sabía con certeza algo que los leales al trono se negaban a ver: que no había nada bueno en él. Se había ocupado personalmente de conseguirlo. En él ya solo quedaba oscuridad y vergüenza. Había interpretado durante tiempo aquel papel que había acabado por convertirse en el personaje al que representaba. Aquella descarada y desesperada caza fortunas norteamericana era una elección realmente inspirada para asegurarse de que, aunque nadie quisiera hacer caso a Cairo sobre la verdad del hombre en que se había convertido, no volviera a producirse otro sangriento golpe de estado en su país y su gente se viera libre de un rey tan roto y perjudicado.

—¿De verdad piensa que esto ha sido una trampa? —preguntó a la vez que se volvía hacia Brittany, que sostenía entre las palmas de sus manos una larga copa de vino que estaba a punto de llevarse a los labios. Cairo no pudo evitar encontrar el gesto simbólicamente erótico–. Le he pedido que me acompañara a la suite de mi hotel y ha aceptado. Una trampa es algo mucho menos directo.

–Si usted lo dice, Su Semántica Majestad.

Cairo había esperado encontrarla atractiva. Y así era. A fin de cuentas, era un hombre. Pero no había esperado que el atractivo de Brittany lo afectara hasta el punto de hacerle difícil respirar. Ni las fotos ni el escenario en que la había visto contoneándose le hacían justicia.

Sus instintos le estaban gritando que cancelara todo aquello de inmediato. Lo último que necesitaba en aquellos momentos en su vida era una situación incontrolable más.

Brittany Hollis no debería haber sido más que una descarada y bonita oportunista, risible en medio del esplendor de Mónaco. Pero en realidad era una mujer fascinante. Y Cairo no sabía si ceder a las sensaciones que lo estaban embargando, exponiéndose al riesgo de desatar de ese modo alguna clase de nuevo infierno en su vida, o si verlo casi como una agresión.

–¿Es esta la parte en la que nos quedamos mirándonos el uno al otro durante siglos? –preguntó Brittany desde el sofá que ocupaba con la elegancia de un gato mimado–. No sabía que la intriga «real» pudiera resultar tan tediosa.

Había llegado el momento de tomar el control de la situación, se dijo Cairo con firmeza. De controlarse a sí mismo.

–Por supuesto que es tediosa –dijo a la vez que frotaba con indiferencia una inexistente pelusa de la manga de su chaqueta–. Ese es el motivo por el que los reyes se ven forzados a iniciar guerras y a instaurar regímenes de terror y inquisiciones. Para librase del tedio.

–Claro, y su familia fue expulsada sin contemplaciones de su país. No se me ocurre por qué.

Cairo estaba acostumbrado a escuchar comentarios como aquel referentes a su reino perdido, y había convertido en todo un arte simular no sentirse afectado por ellos, a aparentar que no le preocupaban en absoluto sus derechos de nacimiento, su sangre, su gente. Lo había encerrado todo con llave en el lugar más oscuro y recóndito de su ser. Había borrado el recuerdo de la noche en que su familia tuvo que huir escondida en la parte trasera del camión de un leal a la corona para no regresar jamás a su tierra.

No se permitía pensar nunca en la profunda risa de su padre, en las suaves manos de su madre, perdidas para siempre, en Magdalena, su hermana, una deliciosa jovencita tan injustamente tratada por el destino.

No entendía por qué el comentario de aquella desconocida le había afectado como un golpe mortal, como si aquello significara que también pudiera introducirse fácilmente bajos sus defensas. Nadie podía hacer eso. No si él no lo permitía.

Y no podía permitir que nadie se acercara demasiado a él. Si lo hacía, el general Estes tendría un arma más para destruirlo.

¿Y cómo era posible que Brittany Hollis le estuviera haciendo pensar en todo aquello?

La observó. Su cabellera pelirroja, sujeta en un alto y complicado moño, captaba la luz del ambiente según se movía. Su cuello era largo y elegante, y experimentó el deseo de saborearlo. De hacer algo más que saborearlo. Su piel, de un dorado poco más suave que el del vestido que llevaba, no había necesitado de ningún cosmético para adquirir aquel tono. Sus piernas, imposiblemente largas, contrastaban con las encantadoras curvas que definía la tela de su vestido, y en la profundidad de sus oscuros ojos había un destello de tentadora y vibrante inteligencia.

Pero aquello solo podía suponer un problema. Su vida ya era un auténtico desastre, un gran problema. Necesitaba encontrar una senda despejada y una solución. De lo contrario, ¿qué sentido tenía todo lo que estaba haciendo?

Una parte de Cairo, una parte que no hacía más que crecer en su interior con el paso del tiempo, lamentó no haber estado en el camión que acabó estrellándose con el resto de su familia cuando huían de su país. De ese modo no habría estado vivo para tener que tomar decisiones.

Pero sabía que aquello no era más que autocompasión. El menor de sus pecados, pero un pecado a fin de cuentas.

—Es muy bonita —dijo, casi con severidad.

—Le daría las gracias, pero dudo que eso haya sido un cumplido.

—Resulta sorprendente. Desde luego, esperaba encontrarla atractiva, al menos del modo que lo son casi todas las mujeres de su profesión.

Brittany sonrió con desdén.

–¿De «mi profesión»?

Cairo se encogió de hombros.

–Bailarina. Personaje de la televisión. Esposa trofeo, siempre abierta a nuevas actualizaciones... Elija la que prefiera.

La sonrisa de Brittany adquirió un matiz fascinante.

–Me gustan las actualizaciones –murmuró a la vez que deslizaba un dedo por el borde de su copa. Cairo no pudo evitar acalorarse al recordar el momento en que había cometido el error de acariciar su piel–. Pero ahora me gustaría que me explicara de una vez por qué estoy aquí.

–¿No hay en esta ocasión ningún añadido insultante a mis títulos? Me siento herido.

–Me temo que mi creatividad va disminuyendo junto con mi interés –dijo a Brittany mientras dejaba su copa en la mesa con un elegante gesto–. Y también me temo que Montecarlo no es mi sitio, porque no me gusta apostar. Prefiero la comodidad que producen las cosas seguras. Y odio aburrirme.

–¿Y esto le parece aburrido? Debo haberme confundido. Casi pensaba que se sentía un poco... acalorada.

–Es cierto que siento unas ligeras náuseas... aunque no se me ocurre por qué.

Cairo metió las manos en los bolsillos de sus pantalones.

–Puede que no le gusten los áticos de lujo con vistas extraordinarias –sonrió–. La costa, o yo mismo. Elija. Ambas vistas son deslumbrantes, y lo digo sin falsa modestia.

–Puede que no me gusten los hombres ricos y mimados que se dedican a hacerme perder el tiempo y hablar maravillas sobre sí mismos. Ya lo he visto todo en todas las revistas de la prensa amarilla durante los últimos veinte años. Y resulta tan excitante como un copo de avena –concluyó Brittany en tono displicente.

–Un hombre con menos seguridad de la que poseo, y sin acceso a un espejo, podría encontrar sus palabras bastante ofensivas, señorita Hollis.

–Estoy segura de que siempre encuentra lo que necesita en todas las superficies reflectantes que lo rodean, y supongo que eso casi podría considerarse una habilidad. Pero aunque ello confirme mi opinión sobre su evidente engreimiento, sigue sin revelarme qué estoy haciendo aquí.

Cairo no había decidido cómo iba a hacer aquello. En algún rincón de su turbia y baqueteada alma había imaginado que aquella podría ser una rara oportunidad de ser sincero. O, al menos, todo lo sincero que se podía ser. Había imaginado que aquella sinceridad habría convertido en algo menos turbio y triste el hecho de comprarse una esposa para evitar una revolución.

Pero no había contado con Brittany Hollis de aquel modo.

–Tengo una propuesta que hacerle –se obligó a decir antes de tomar la desafortunada decisión de limitarse a seducirla y esperar a ver qué pasaba. Aunque ya sabía lo que pasaría. Pero los placeres del momento no podían pesar más que las realidades del futuro que amenazaba con aplastarlo.

—Podría decirle que me siento halagada, pero no es así —replicó Brittany con toda la frialdad que pudo—. No me interesa convertirme en la querida de ningún hombre. Además, sus encantos están un poco... sobre utilizados, diríamos —añadió con un expresivo alzamiento de cejas.

Cairo parpadeó y se tomó unos segundos para contestar.

—Disculpe pero ¿acaba de llamarme chulo?

—Yo nunca utilizaría esa palabra —protestó Brittany, pero, aunque lo hizo con suavidad, Cairo creyó captar algo más agazapado en su tono—. Pero sí me viene a la mente el dicho «más quemado que la pipa de un indio». Y la verdad es que todo esto empieza a resultarme un poco aburrido.

—No se engañe, señorita Hollis. Es cierto que he mantenido relaciones sexuales con muchas mujeres, y que la puntual información que aparece sobre ello en la prensa debe resultar bastante aburrida. Aunque lo cierto es que no lo sé, porque jamás la leo. Pero le aseguro que el acto en sí jamás resulta aburrido.

—Aunque usted sería el último en enterarse, claro. Incluso un hombre tan engreído como usted debería saberlo.

—Supongo que las cien primeras podrían haberse sentido simplemente atraídas por mi dramática historia personal —dijo Cairo, como si estuviera pensando realmente en ello, aunque mantuvo la mirada fija en el creciente rubor que estaba cubriendo las mejillas de Brittany. Interesante—. Y puede que las doscientas siguientes solo fueran tras mi fortuna. ¿Pero «todas»? Incluso la peor de las estadísticas sugeriría que no todas habrían reaccionado así, derritiéndose, gritando y gimiendo bajo mi cuerpo. Y podría aplicarse el mismo razonamiento a la sugerencia de que lo estuvieran simulando. Alguna sí, supongo, porque siempre hay alguna. Pero todas no.

–Estoy segura de que Su Majestad siempre ve lo que quiere ver. Nueve o noventa veces al día. Lo que sea.

Cairo estaba seguro de haber percibido cierta ronquera en el tono de Brittany, y también había captado cierta agitación en su respiración. Sabía reconocer la pasión cuando la veía, y estaba seguro de que Brittany se sentía tan afectada como él.

No era ningún santo, ni por designio ni por inclinación. Pero tampoco había sido nunca el épico pecador que había simulado ser. Y durante los años que había interpretado aquel papel en el circo que era su vida, jamás había sentido el impulso de decirle aquello a una mujer. ¿Qué diablos le estaba pasando aquella noche?

–Solo se me da bien una cosa –dijo, y simuló no estar captando la intensidad de su propio tono. Simuló no ser consciente del poco control que estaba ejerciendo sobre sí mismo en aquellos momentos–. Pero en eso soy realmente bueno.

–Si esa es su proposición –dijo Brittany con una ceja estratégicamente alzada–, mi respuesta es un enfático no. Además, debería elaborar un poco mejor sus faroles.

–Que soy un amante excelente no es un farol, sino un hecho –dijo Cario con un leve encogimiento de hombros–. Pero me temo que mi proposición es mucho menos excitante que esa. No he acudido al mercado en busca de una querida, señorita Hollis. ¿Por qué iba a hacerlo? A fin de cuentas, casi todas las mujeres que conozco estarían dispuestas a hacer gratis cualquier cosa que les pidiera.

–Me abruma con su romanticismo.

–En ese caso estoy seguro de que mi propuesta le encantará. Necesito una esposa. Y aunque ya he entrevistado a varias candidatas al puesto, usted es con mucho mi primera opción.

Cairo esperaba que Brittany le diera una de sus mordaces respuestas. O, tal vez, que dejara escapar una burlona y escandalizada risa. Pero Brittany se limitó a observarlo unos momentos con una expresión impenetrable en sus oscuros ojos color avellana.

Y aquello, como todo lo demás en aquella mujer, fue una nueva experiencia para él. Algo que debería haberle advertido del peligroso camino que podía estar tomando. Necesitaba una especie de empleada, como mínimo. Una compañera, si era posible. Pero lo último que necesitaba era un problema, y Brittany Hollis parecía tener aquella palabra estampada en cada centímetro cuadrado de su deliciosa piel.

–¿Cuál era su segunda opción? –preguntó Brittany cuando el silencio empezaba a prolongarse en exceso.

–¿Mi segunda opción?

Brittany miró a Cairo con un gesto muy cercano a la exasperación.

–No puedo saber si debo sentirme halagada o insultada si no conozco el terreno en que me muevo. ¿No le parece?

Cairo mencionó a una famosa y bella huérfana

italiana conocida especialmente por sus espectacula-
res toples a bordo de los superyates de sus cuestiona-
bles y oligárquicos novios rusos.

Brittany suspiró.

—De manera que debo sentirme insultada.

—Si sirve de algo, era mi segunda opción a mucha
distancia. Demasiado trabajo para muy poca com-
pensación.

La sorprendente norteamericana que prácticamente
acababa de llamarlo chulo a la cara entrecerró los ojos
mientras lo miraba atentamente. Cairo prácticamente
pudo verla pensando, y fue incapaz de comprender
por qué encontró tan increíblemente sexy aquel hecho.

—Deduzco que lo que quiere en realidad no es casarse —dijo Brittany—. Lo que quiere es infligir su esposa a alguien... ¿al mundo, tal vez? Como le sucedería a cualquier chica, me siento halagada por ser
considerada una candidata para ello. Es una de mis
fantasías hecha realidad, gracias.

Cairo no pudo evitar sonreír ante el irónico tono
de Brittany, aunque sintió que sus labios eran de gra-
nito.

—¿Acaso esperaba palabras de amor? Si quiere las
pronuncio. Incluso se las puede creer si lo desea. Pero
la oferta es para un trabajo. No tiene nada de romántico.

Brittany volvió a dedicarle una prolongada y penetrante mirada con sus oscuros y perspicaces ojos
color avellana.

—Estoy segura de que debe haber un punto intermedio —dijo finalmente a la vez que se ponía en pie y
deslizaba innecesariamente una mano por el costado
de su elegante y dorado vestido. Cairo sintió que la

deseaba con un fervor casi salvaje, algo que lo convirtió en un completo desconocido para sí mismo. En un traidor a su causa–. Y le sugiero que lo encuentre antes de abordar a la italiana. He oído decir que muerde.

A continuación, Brittany Hollis giró sobre sus talones, mostró la espléndida y curvilínea parte posterior de su cuerpo a Cairo como si estuviera realmente aburrida de todo aquello y salió del ático.

Unas noches después, Brittany se hallaba sobre el escenario, mediada su interpretación, cuando experimentó algo parecido a una descarga eléctrica.

Siguió moviéndose al ritmo de la música mientras se decía que solo eran imaginaciones suyas, aunque en realidad sabía que no era así. Conocía aquella sensación, parecida a la de hallarse sobre una hoguera y verse obligada a permanecer quieta sobre las llamas. Así era como se había sentido en el casino de Montecarlo unos días atrás.

Trató de concentrarse en la música y en la perezosa coreografía que ya era capaz de interpretar de modo casi automático, pero, de pronto, el corsé rojo que vestía pareció ceñirle los pechos con más fuerza, la gargantilla de encaje que rodeaba su cuello oprimió este hasta dejarla sin aliento y una húmeda calidez rezumó entre sus piernas, bajo el liguero.

Como atraído por un imán, sin voluntad propia, su cuerpo giró y avanzó al ritmo de la música hacia la causa de aquella insólita reacción.

Hacia él.

Hacia Cairo, que acababa de ocupar la única mesa

que había estado vacía delante del escenario casi toda la noche.

Entonces Brittany sintió que había llegado su turno, y lo tomó.

Tenía algo que demostrarle a aquel hombre.

No se preguntó qué estaba haciendo, al igual que no se había preguntado por qué le había afectado tanto todo lo que le había dicho Cairo en Montecarlo. Pero lo cierto era que no había logrado olvidar su proposición.

Brittany se limitó a bailar. «Para él», susurró una vocecilla en su interior. Bailó como si no hubiera nadie más en la sala. Bailó como si hubieran sido amantes hacía tiempo, como si aquel cavernoso club fuera un harén, como si no tuviera otra meta en la vida que agradarle.

Porque él no era el único al que se le daba bien lo que hacía.

Lo cierto era que lo único que realmente había amado Brittany en su vida, aparte de a su abuela, había sido bailar. Aquella pasión se había visto sumergida y anulada bajo la brutal realidad de su vida, de su primer matrimonio, de la circense falsedad del segundo. El baile había acabo por convertirse en una mera sucesión de trucos baratos, en un mero medio para pagar los recibos.

Pero en aquella ocasión bailó de verdad. Bailó para él. Se movió sinuosa como una serpiente en torno a los postes del escenario y se pavoneó a lo largo de este hasta sentir que casi podía volar. Para cuando llegó el dramático final de su baile y se deslizó en un último movimiento con las rodillas sobre el suelo y las manos extendidas ante sí, deteniéndose justo frente a Cairo, se sentía pura electricidad.

Escuchó los aplausos del público y la animada voz del DJ como si le llegaran de muy lejos, pero no sucedió lo mismo con la voz y la mirada de Cairo, que pareció envolverla como un suspiro de chocolate derretido.

–Ha sido una interpretación realmente adecuada –dijo, haciéndose oír por encima del bullicio y sin apartar su oscura e intensa mirada de ella.

Brittany se puso en pie y le dedicó una fría y retadora mirada desde lo alto del escenario, algo que, a pesar de los intensos latidos de su corazón, le hizo sentirse un poco más segura mientras bajaba para situarse ante la silla que ocupaba Cairo.

–Veo que Su Eminentísima Excelencia ha decidido bajar a darse un paseo por los barrios bajos –comentó con una ceja alzada–. Pero puede que desconozca las reglas de un lugar tan alejado del abrazo dorado de los Campos Elíseos. Si quiere una charla privada, tendrá que pagar por el privilegio.

Cairo esbozó una sonrisa mientras permanecía sentado como si estuviera posando para un estudio de indolencia aristocrática.

–Puedo asegurarte que sé desenvolverme en establecimientos de mala reputación –dijo a la vez que ladeaba la cabeza, un gesto que, unido a su penetrante mirada, resultó letal para la respiración de Brittany. A continuación, Cairo señaló su regazo con un gesto de su barbilla–. Vamos, Brittany. Enséñame lo que tienes. Te prometo que puedo pagar.

Capítulo 3

S U NOMBRE de pila en los decadentes labios de Cairo fue como un lametón sobre la parte más ardiente, íntima y dulce de su cuerpo. La sensación la recorrió como un relámpago, haciéndole sentir que se derretía. A pesar de todo, Brittany se obligó a sonreír y apoyó una mano en un costado, adoptando una postura más coqueta y adecuada a una mujer con tan poco ropa.

Se dijo que era un juego. Que era lo que exigía su atuendo y el lugar en que trabajaba.

¿Qué más daba que hasta entonces nunca hubiera dado a ningún miembro de la audiencia ni la hora? Pero aquello era distinto. Aquella era su pequeña guerra privada con aquel hombre, y pensaba ganarla.

—¿No fui lo suficientemente explícita en Mónaco? —preguntó, consciente de que estaban atrayendo las curiosas miradas de quienes los rodeaban mientras la música empezaba a sonar para el siguiente número—. Dada tu perspicacia, esperaba que el mensaje te hubiera quedado meridianamente claro.

—Supuse que se trataba de una estratagema —replicó Cairo con engañosa suavidad—. Por eso decidí venir aquí para hablarte en un lenguaje que pudieras comprender mejor.

—¿En lugar del pomposamente estúpido lenguaje de los hombres ricos y educados en el que eres tan experto? No te preocupes por eso. Se me dan bien los idiomas.

Sin apartar la mirada de ella, Cairo sacó del bolsillo interior de su chaqueta una cartera cargada de billetes y fue sacando lentamente uno tras otro y amontonándolos en la mesa.

—Al parecer estás sugiriendo que puedo verme motivada por los billetes de quinientos euros —dijo Brittany entre dientes—. Pero te equivocas.

Cairo se limitó a seguir añadiendo billetes al montón.

—No estarás sugiriendo que sería capaz de prostituirme por dinero, ¿verdad? —espetó Brittany mientras el montón crecía.

Cairo dejó escapar un sonido vagamente parecido a una risa.

—Por supuesto que no. Sé que tu precio es mucho más alto, y que requiere de ceremonias y votos oficiales, al menos si tu historia matrimonial supone un indicio de ello.

—Eso es cierto —Brittany trató de infligir con su despectivo tono la bofetada que estaba deseando soltar en el atractivo rostro de aquel engreído—. Pero no tengo la más mínima intención de hacer ninguna clase de votos contigo.

—Al menos eso dices —Cairo siguió amontonando billetes con un gesto despectivamente insultante—. En ese caso, solo quiero un baile íntimo.

Brittany supo que todo lo que habría tenido que hacer en aquel momento habría sido darle la espalda y marcharse, como ya había hecho una vez. Nada habría deseado más que aquello y, sin embargo, lo que hizo fue sentarse en el brazo de la silla que ocupaba Cairo y mirarlo con la expresión de la stripper que representaba en lugar de con la de la inocente que incluso ella misma solía olvidar a veces que era.

—Tampoco ofrezco esa clase de bailes —dijo en tono altivo, simulando que no acababa de renunciar a algo esencial al sentarse en el brazo de la silla, que no acababa de perder el poco terreno que había ganado rechazándolo en Mónaco—. Aunque estoy dispuesta a aceptar tu dinero, por supuesto. Al parecer tienes más del que puedes gastar.

—Todo lo que quiero es un baile —replicó Cairo con un encogimiento de hombros.

Los brazos de la silla eran deliberadamente anchos y cómodos para que las chicas que trabajaban en el club pudieran sentarse en ellos, de manera que Brittany no estaba tocando a Cairo. Porque ella no «tocaba», especialmente a los hombres. Y se negó a reconocer la ansiedad que sentía por lo que era, algo elemental y evidente estando sentada junto al magnífico cuerpo de Cairo, del que emanaba un calor que parecía envolverla como la tela de una araña.

Entonces Cairo hizo algo que acrecentó aún más las sensaciones que se estaban adueñando del cuerpo de Brittany. Alzó una mano y deslizó lentamente un dedo por la parte alta de su muslo hasta introducirlo bajo la ropa interior negra y roja que vestía. Lo sacó lentamente y volvió a introducirlo. Y repitió el movimiento varias veces.

Brittany habría querido darle un manotazo como la

ofendida virgen que en realidad era, pero sabía que no podía delatarse con tal obviedad. De modo que se limitó a contemplar el dedo de Cairo mientras sentía que todo lo que creía saber sobre sí misma se convertía en polvo y desaparecía hasta que solo quedó el palpitante y húmedo calor que sentía entre las piernas.

Su peor temor hecho realidad.

Pero siguió sin moverse.

—O puede que prefieras un reservado después de todo —dijo Cairo en un tono roncamente insinuante—. ¿Ese eso lo que sueles ofrecer a los clientes?

Brittany apartó la mirada del hipnótico y adictivo dedo de Cairo y lo miró a los ojos. Pero el ardor que percibió en ellos fue aún peor.

Y lo último que quería en el mundo era encerrarse en una habitación con aquel hombre. Sabía a ciencia cierta que no podía fiarse de él. Pero lo que más le asustaba era ser consciente de que tampoco podía fiarse de sí misma.

—Creo que no sería buena idea —logró decir, aunque no llegó a sonar del todo como ella misma.

Algo destelló en el magnífico rostro de Cairo, que hizo un rápido movimiento con un brazo. Un instante después, sin saber cómo, Brittany se encontró sentada en su regazo.

Quiso gritar, luchar, pero lo único que hizo fue quedarse sentada sobre él, como si hubiera perdido por completo el control sobre su cuerpo.

Jamás se había sentido tentada. Por nadie. Y jamás se había «derretido» de aquella manera.

Sintió la dureza de Cairo bajo su trasero, caliente y perfecta, la firmeza de sus muslos. La había rodeado con un brazo por la cintura y la retuvo con firmeza contra su poderoso pecho, que parecía esculpido en mármol como el de un dios griego.

–Más vale que te prepares –logró decir Brittany, aunque sonó mucho más afectada de lo que le habría gustado–. Los guardias de seguridad el club no permiten este tipo de intimidades en el salón principal.

Cairo acercó su rostro al de ella hasta que apenas quedaron unos centímetros de distancia entre ellos

–¿Cuándo acabarás por enterarte de que ese tipo de reglas no me afectan? ¿De que, antes o después, los meros mortales acaban haciendo exactamente lo que digo?

–No pienso bailar contigo –murmuró Brittany, aunque apenas pudo escuchar su voz por encima de los intensos latidos de su corazón–. Y tampoco pienso casarme contigo. Ni siquiera me gustas.

–¿Y eso qué más da? –preguntó Cairo y, por primera vez, su voz sonó más parecida a la de un hombre que a la de un rey–. Esto no tiene nada que ver con gustar o no gustar.

A continuación pasó una mano tras el cuello de Brittany y la atrajo hacia sí para besarla.

Pero no debería haberlo hecho. No debería haberla saboreado.

Fue un terrible error. Uno más de los que había cometido aquella noche. No debería haber acudido a aquel burdo club enfadado. Debería haberse reído del hecho de que aquella absurda mujer sin clase hubiera rechazado su oferta.

Sin embargo, había acudido allí a verla.

–El mundo está lleno de mujeres inadecuadas, señor –había dicho Ricardo aquella misma tarde–. Es uno de sus pocos encantos.

–Si hay alguna más que encaje con lo que necesito, no dudes en presentármela –había replicado Cairo, taciturno.

Sabiamente, Ricardo no había hecho ningún comentario más.

Y Cairo había acudido al club.

En cuanto sus labios se encontraron con los de Brittany sintió que se perdía en el incendio provocado por el dulcísimo encuentro de sus lenguas, por la presión de aquellos generosos pechos contra el suyo, por el modo en que Brittany se aferró a su camisa, como si lo deseara al menos una fracción de lo que él la deseaba a ella.

Se volcó por completo en aquel beso, tomando su boca una y otra vez, con una voraz mezcla de lujuria y necesidad, con todo el deseo que había ido creciendo en su interior desde que Brittany lo había dejado plantado en Mónaco, y que no había hecho más que intensificarse durante su actuación de aquella noche.

No le sorprendió que llegara el momento en que Brittany se apartara de él y tratara de levantarse, pero la retuvo a la fuerza sobre su regazo.

–No quiero saber nada de ti –siseó.

–Claro que no –susurró Cairo, con sus labios aún a escasos centímetros de los de ella–. Se ha notado claramente en tu modo de besarme –añadió antes de volver a besarla.

Cuando finalmente separó sus labios de los de ella, Brittany estaba respirando tan agitadamente como él y sus ojos parecían haberse agrandado y oscurecido.

–No puedes hacer esto –murmuró, y Cairo tuvo la extraña sensación de que por fin estaba escuchando a la verdadera Brittany, a la auténtica mujer que se escondía tras toda aquella ironía y estilo. Parecía casi conmocionada. Y frágil. Y él debería haber experimentado alguna sensación de triunfo. Pero lo único que sintió fue algo parecido al pesar, al arrepentimiento. Y él sabía mucho de aquello–. Sabes que no puedes...

–Creo que no has estado prestando la suficiente atención, *cara* –murmuró a la vez que alzaba una mano para deslizar el pulgar por el carnoso labio inferior de Brittany–. Soy el último de los Santa Domini. Algunos aún me llaman rey. Puedo hacer lo que me plazca.

–Pero no conmigo –replicó Brittany, que se apartó de él irguiéndose con firmeza sobre su regazo. La presión de aquel precioso trasero sobre su entrepierna estuvo a punto de hacer que Cairo se perdiera allí mismo–. No quiero saber nada de tus jueguecitos de tronos perdidos. Mi vida ya es lo suficientemente complicada.

–Casarte conmigo haría que fuera menos complicada.

–Seguro –replicó Brittany con su habitual ironía–. Porque tú no eres nada complicado, claro.

–Quiero penetrarte, quiero estar dentro de ti –dijo Cairo con voz ronca, áspera y, al escucharse, volvió a sentirse como un desconocido para sí mismo–. Tan dentro que ninguno de los dos pudiera saber quién es el rey y quién la stripper, que lo único que quedara en el mundo fuera este dulcísimo y húmedo calor que palpita entre nosotros y nos abrasa.

Estaba tan cerca de Brittany que pudo ver con claridad cómo se dilataban sus pupilas, cómo se le ponía la carne de gallina.

–Pero yo sé muy bien quién es quién –replicó ella, y Cairo captó con una inevitable sensación de triunfo el esfuerzo que le estaba costando decir aquello. Al menos era algo–. Al igual que lo sabe la prensa amarilla. Y dudo que eso vaya a cambiar nunca.

–¿Y por qué ibas a querer que cambiara? Tú has ido elaborando tu imagen pública con exquisita precisión. ¿Por qué no llevar esa tarea a su final más lógico?

–Sé perfectamente a dónde quiero que me lleve mi imagen pública –contestó Brittany–. Y no es precisamente a tu cama.

–Claro. Y por eso te derrites de ese modo entre mis brazos. Por eso eres incapaz de apartar la mirada de mi rostro.

–Me tienes atrapada sobre tu regazo.

–Estamos en un lugar público. ¿Cuántas personas crees que están mirándonos a nosotros en lugar de a las bailarinas que hay ahora sobre el escenario?

–Todas –replicó Brittany, cuya mirada se endureció a la vez que alzaba levemente la barbilla–. Tú te has ocupado de ello.

–Y, sin embargo, si deslizara mi dedo un poco más arriba , ¿qué encontraría? –murmuró Cairo roncamente a la vez que volvía a introducir un dedo bajo la liga que cubría la parte alta del muslo de Brittany–. ¿Estás muy húmeda? ¿Aquí, en medio de un lugar público en el que todo el mundo puede verte? ¿Protestarías si introdujera el dedo bajo tus braguitas, o te arrimarías más para que nadie pudiera ver cómo cabalgabas sobre mi mano?

–Ninguna de las dos cosas –replicó Brittany con suavidad. Con tanta suavidad como la que Cairo imaginaba que habría encontrado si hubiera avanzado un poco más con su mano–. Ahora voy a levantarme para volver al trabajo.

–¿Trabajo? –repitió Cairo con una despectiva carcajada–. Esto no es más que un descortés homenaje a la familia de tu difunto marido, no un trabajo.

Brittany apretó los labios y su mirada se endureció una fracción más.

–Si me estás llamando prostituta, tendrás que buscar algo mejor para insultarme. Mi madre utilizó esa palabra conmigo tantas veces que casi la considero un cumplido.

–En ese caso, cásate conmigo. Así veremos qué palabras utiliza tu madre para dirigirse a mi reina.

–Las evidencias nunca han servido para persuadir a mi madre de que lo que ella ha decidido qué es verdad y qué no lo es –dijo Brittany en un tono que sorprendió a Cairo por su total falta de amargura–. Pero gracias. Estoy segura de que sería encantador pasar una temporada como reina del Rey de las Ilusiones. Pero me temo que mi carnet de baile está lleno.

En aquella ocasión Cairo no le impidió levantarse, pero se quedó mirándola sin molestarse en ocultar la evidencia de su deseo. Viendo sus arreboladas mejillas, sus brillantes ojos oscuros y aquel maravilloso pelo rojizo cayendo en torno a su delicioso rostro, supo con certeza que jamás descansaría hasta tenerla.

Para empezar, en su cama.

–No puedes tenerme –dijo ella como si hubiera leído su mente.

–No seas tonta –replicó Cairo sin hacer ningún esfuerzo por erguirse y abandonar su perezosa postura, ni por ocultar el abierto deseo que sin duda podía percibir Brittany en su rostro, en todo su cuerpo–. ¿No te das cuenta de que eso hace que quiera conseguirlo aún más?

–Pues tendrás que aprender a vivir con esa frustración.

Cairo esbozó una libidinosa sonrisa.

–Puedes estar segura de que eso no sucederá nunca.

Ya era entrada la mañana cuando Brittany despertó al día siguiente en su diminuto apartamento de las afueras de Montmartre.

Tras abrir los ojos no pensó en lo sucedido la noche anterior. No pensó en los sueños que la habían asediado toda la noche, despertándola una y otra vez hasta el amanecer.

Pero aunque no pensó en ello, aún podía sentir el contacto de Cairo. Aún podía saborearlo en sus labios. Y su cuerpo seguía reaccionando como lo había hecho estando sentada en su regazo. Sentía los pechos más grandes, inflamados, con los pezones especialmente sensibles, y una especie de nudo ardiente que oprimía la parte baja de su vientre. Su cuerpo, que había conservado intacto como una pequeña fortaleza desde su primera noche de bodas, cuando, tras ocultarse de su quejoso y borracho novio, decidió que prefería morir virgen antes de permitir que alguien la tocara contra su voluntad, se estaba rebelando.

Jamás había esperado que su cuerpo y su mente pudieran llegar a estar en desacuerdo.

Tomó una larga ducha para tratar de borrar aquellas sensaciones y después, como de costumbre, acudió al gimnasio, donde hizo ejercicio con más energía de la habitual. Aunque aquello tampoco le sirvió de nada.

Cuando regresó al apartamento su humor no era precisamente bueno, y tampoco mejoró cuando tomó su móvil y vio que su madre había llamado tres veces en la última media hora. Estaba mirando la pantalla con el ceño fruncido cuando sonó la cuarta llamada.

Un escalofrío recorrió su espalda. La última vez que su madre la había llamado con aquella insistencia varios parientes suyos se habían puesto en contacto con la prensa para recalcar que siempre la habían tratado tan mal como se había merecido y que nunca dejarían de celebrar haber podido echar finalmente a aquella «ramera» del hogar familiar.

Pero su madre no la llamó para solidarizarse con ella, sino que lo hizo para echarle en cara que su comportamiento estuviera suponiendo una auténtica humillación para todo el clan Hollis.

–¿Quieres que me avergüence o prefieres que siga

pagándote el alquiler, mamá? –había respondido Brittany con toda la frialdad que había podido, jurándose por enésima vez que algún día dejaría de contestar a las llamadas de su madre, una madre que tan solo la consideraba un recurso para obtener dinero y que jamás llegaría a quererla de verdad.

A pesar de ser consciente de que aquel día no había llegado, Brittany dejó el teléfono a un lado y encendió su portátil.

Ni siquiera tuvo que buscar en Google. Aquella mañana los titulares aparecían directamente en su página de inicio.

¿Su Real Stripper?
¿Podría Caer aún más bajo Cairo?
¡El Nuevo Negocio de Brittany, la Viuda Negra!

Los artículos que seguían a los titulares eran aún peores de lo que cabía esperar, pero lo peor de todo era que algún paparazzi se había dedicado a tomar fotos la noche anterior en el club. Y las fotos hacían que la situación pareciera aún más sórdida de lo que Brittany recordaba. Y mucho más obscena.

Dadas las imágenes, parecía que Cairo la había comprado para el resto de la noche. Y, por supuesto, eso era lo que insinuaba sin ninguna sutileza la prensa.

Se sintió traicionada, pero por sí misma, no por aquel hombre devastadoramente atractivo cuya vida era todo un monumento a la destrucción y la ruina. Debería haberlo visto venir. Debería haber sabido que no había forma de cruzarse en el camino de Cairo Santa Domini sin que este dejara su oscura marca en ella. Aquello era lo que sabía hacer aquel hombre. Lo que mejor se le daba.

Debería haber asumido que habría alguien en el club dispuesto a fotografiar el encuentro y a vender las instantáneas a la voraz prensa sensacionalista. Y era muy probable que Cairo se hubiera ocupado de organizarlo todo.

Y ella debería haber estado preparada para aquello, de manera que ¿por qué no había sido así? Pero no necesitaba hacerse aquella pregunta. Sabía muy bien por qué. Después de aquel beso había dejado de pensar. Cairo la había besado y ella le había devuelto el beso con una pasión cuyo recuerdo aún la dejaba anonadada. Había sido la experiencia más sensual de su vida, y se odiaba a sí misma por ello. Odiaba haber reaccionado de aquella manera.

Aquel beso era lo único que había quedado en su cabeza. Incluso en aquellos momentos, el recuerdo era tan intenso que le estaba costando respirar. Estaba interfiriendo en su capacidad de juicio, la estaba confundiendo. Y aquello no le había sucedido jamás. De lo contrario nunca habría llegado tan lejos en el mundo en que se movía.

—Contrólate, Brittany —se dijo en voz alta, con toda la firmeza que pudo—. Esto es una oportunidad. Una gran oportunidad. ¿Y desde cuándo rechazas tú las oportunidades?

El temor a la destrucción no era suficiente buena excusa para evitar algo. Si lo hubiera sido, nunca habría dejado Gulfport a los dieciséis años junto a Darryl, un hombre joven cuya compañía solo podía significar problemas.

Pero sabía que la clase de destrucción que podía esperar de Cairo era puramente interior. Cairo no se limitaría a tirarle los tejos y tratar de propasarse un poco, como Darryl. Probablemente le destrozaría el corazón con sus reales manos y luego lo pisotearía con sus reales pies. No entendía por qué un hombre al que debería encontrar risible podía suponer un riesgo tan grande para su pequeño y descuidado corazón, pero así era.

¿Pero eso que más daba?, se dijo. Porque lo cierto era que, al margen del asunto de su inevitable destrucción, Cairo Santa Domini era perfecto para sus propósitos. Era un sueño hecho realidad. A diferencia de otros hombres que había conocido y que habrían querido mantener una relación privada con ella, pero que jamás habrían permitido dejarse ver a su lado en público para no ver desacreditada su reputación, Cairo estaba dispuesto a casarse con ella.

Y daba igual que quisiera hacerlo por la imagen que ella se había dedicado a crear de sí misma, y no a pesar de esta, porque estaba convencida de que sería capaz de vivir igual de bien en la isla de sus sueños con el corazón entero o destrozado. Lo importante eran las palmeras, los zumos de frutas y la soledad. ¿A quién le importaba lo que le pasara a su corazón?

De manera que, un rato después, cuando sonó su otro móvil, el que tenía reservado para los paparazzi, la prensa sensacionalista, o cualquier que quisiera ponerse en contacto con ella a pesar de no conocerla personalmente, no dudó en contestar.

—Aguarde un momento, por favor —dijo una educada voz–. Su Serena Majestad, el Archiduque Felipe Skander Cairo Santa Domini desea hablar con usted.

A pesar de cómo arreciaron los latidos de su corazón, Brittany no colgó. Su destrucción interior era un bajo precio a pagar. Cairo Santa Domini era tanto la luz que había al final del túnel como el tren que avanzaba por este.

No tenía opción.

–Querido –ronroneó cuando escuchó su oscura y grave voz al otro lado de la línea–. Ya he visto el anuncio de nuestro compromiso en toda la prensa sensacionalista. Mira que eres...

Capítulo 4

AL PARECER ya somos menos interesantes para la prensa que las peleas por la custodia de sus hijos de un delantero del Real Madrid –dijo Brittany animadamente cuando, una semana después, se reunió con Cairo para planear sus siguientes movimientos después del revuelo inicial que causó en la prensa el anuncio de su compromiso–. Sospecho que el mundo ya se ha visto sobreexpuesto a los escándalos de Cairo Santa Domini –añadió con ironía–. Unas simples fotos en un club de striptease no bastan para satisfacer el hambre de un público acostumbrado a una dieta mucho más intensa. Me temo que tus jueguecitos solo valen para un revolcón.

–Normalmente es más que un revolcón –aseguró Cairo sin poder contenerse–. Se parece más a un prolongado grito salpicado de palabras de auténtico fervor religioso. «¡Oh, Dios mío! ¡Oh, Cairo! ¡Oh, Dios!»

Brittany suspiró como si su presencia fuera algo que no le quedara más remedio que soportar. Algo que ninguna mujer, o más bien nadie, había hecho jamás en presencia de Cairo, excepto él mismo.

–Vale, vale. Lo tendré en cuenta –dijo, como si estuviera tratando de calmar a un niño con una rabieta.

–Hazlo –murmuró Cairo, y a continuación se pusieron a hablar de cómo preparar la segunda fase de su plan.

Cairo casi nunca aparecía fotografiado en la prensa con la misma mujer más de una vez. Habría sido complicado mantener su reputación de inveterado playboy si se hubiera mostrado más interesado en la calidad que en la cantidad, de manera que nunca había mantenido una relación más allá de un largo fin de semana. A veces repetía al cabo de bastantes meses, para mantener la intriga de la gente, aunque no lo hacía a menudo.

Pero el plan que se había trazado con Brittany requería de una táctica distinta.

Unos días después de su «inesperada» aparición en el club fue visto cenando con Brittany en la clase de restaurante que las personas ricas y famosas solo frecuentaban cuando no querían ser vistas. «Casualmente» había un paparazzi por allí y, al día siguiente, la noticia causó sensación. Aquello sugería la posibilidad de que hubiera surgido alguna clase de relación entre ellos tras las fotos en las que habían aparecido besándose en el club.

–De haber sabido que iba a causar tal conmoción –comentó Brittany al montón de cámaras y periodistas que la rodearon cuando, una semana después, salió de una visita perfectamente planeada a la famosa joyería Cartier–, habría pedido algo mucho más grande –concluyó con su mejor sonrisa de caza fortunas mientras mostraba el anillo que adornaba su dedo anular, con un zafiro del tamaño del Mediterráneo.

Pocos días después fueron vistos saliendo por la mañana temprano de la residencia de Cairo, sugiriendo que habían pasado la noche allí.

–¿De verdad está saliendo con Brittany, la Reina de los Horteras? –preguntó un asombrado periodista a Cairo cuando, unos días después, salía de un baile benéfico en Londres.

–Tú serás el primero en saberlo –respondió Cairo, todo dientes y sonrisas–. Tú y todos vuestros lectores estáis siempre en mis pensamientos mientras navegó por el romanticismo de mi vida.

–¿Por qué no está con usted esta noche? –preguntó otro paparazzi–. ¿Ya han roto?

–Puede que solo seamos dos personas que disfrutamos de nuestra mutua compañía –replicó Cairo con expresión de no haber roto un plato en su vida–. Pero claro, eso no da titulares maliciosos, de manera que nunca se publicará.

Después Cairo asistió a la boda de un viejo amigo del colegio acompañado por Brittany, algo completamente impensable para un hombre como él. Aquello fue toda una sensación. La prensa estaba revolucionada. ¿Sería posible que Cairo Santa Domini estuviera planteándose mantener una relación seria con la mujer más inadecuada del mundo, incluso aunque Brittany hubiera dejado su trabajo en aquel horrible club parisino?

Tras la boda decidieron dar un paso aún más

grande y planearon un par de viajes. Primero pasaron una semana en Dubái. Después otra en Río. Por supuesto, ambos viajes quedaron minuciosamente documentados por la prensa sensacionalista.

Después de unos días de vuelta en París, se embarcaron en un viaje de quince días por África en el que visitaron los desiertos del Sahara y de Namibia, las cataratas Victoria, y acabaron en un safari en Botswana. Aquello fue como una carta de amor al mundo de las dos personas más inadecuadas que existían sobre la tierra para algo parecido. Fue una obra de arte del romance.

Y así lo manifestó el propio Cairo.

–Oh, vamos –se burló Brittany cuando le oyó decirlo, sentada en una de las cómodas sillas plegables que había en la espaciosa tienda que compartían, llena de alfombras, telas de lino y mesas colmadas de suculentas frutas, instalada para ellos junto a un cercano río lleno de cocodrilos e hipopótamos. Estaba leyendo otro libro en su tableta mientras Cairo echaba un vistazo a los titulares de la prensa en su móvil. Ellos eran los únicos habitantes del mundo que sabían que, a pesar de compartir la tienda, dormían en camas separadas. Al igual que había sucedido en todas las suites de los hoteles en que se habían alojado–. «Romance» no es precisamente la palabra que utiliza la gente cuando habla de nosotros. Pero supongo que eso ya lo sabes.

Cairo lo sabía. Lo que no sabía era por qué sentía la necesidad de cambiar de tema de conversación. O por qué había una parte de sí mismo que odiaba ver cómo se metían con Brittany en la prensa, cuando aquel había sido precisamente uno de los objetivos de su plan.

¿Ha Conquistado Brittany la Stripper el Corazón de Cairo?

¿Será Cairo el Afortunado Número Cuatro de Brittany la Lagarta?

Brittany de Caza en Botswana. ¿Conseguirá Pescar una Corona?

El más punzante había sido el titular de la revista más popular de Santa Domini, en cuya portada aparecían ambos mirándose con expresión de adoración. *¿Reina Brittany?*, rezaba simplemente.

Cairo sabía que debería haberse sentido satisfecho. Todo estaba yendo según lo planeado. Debería haberse sentido exultante.

Pero lo cierto era que no estaba durmiendo ni mucho ni precisamente bien durante aquellas vacaciones. Se había dicho una y mil veces que aquello no tenía nada que ver con el hecho de estar compartiendo las habitaciones y la tienda con aquella mujer, y que debería sentirse exultante por el hecho de que Brittany pareciera tan inmune a él.

No debería encontrarla tan misteriosa , y no debería desear con tanta intensidad resolver aquel misterio durante los largos ratos en que permanecía despierto durante la noche.

—Estoy empezando a tener la sensación de que, más que disfrutar con nuestra relación, o incluso observar con avidez cómo se desarrolla, la gente nos observa estirando el cuello, como lo haría tras haber sucedido un terrible accidente –comentó Brittany un día mientras volaban de regreso a París tras haber asistido a un baile organizado por una conocida asociación benéfica en Viena.

Cairo la miró desde su sillón y movió negligentemente la mano para hacer sonar los hielos del vaso que sostenía. Había descubierto hacía tiempo que, cuanto más ruido hacían los hielos, más borracho asumía la gente que estaba. Y era asombroso lo que la gente decía o hacía cuando creían que uno estaba demasiado borracho para recordar, responder o protestar.

–Somos un accidente delicioso, *cara* –dijo, experimentando con un ligero y falso arrastre de sus palabras–. Y de eso se trata precisamente.

–Vaya –replicó Brittany–. Empezaba a pensar que de lo que se trataba era de restregar en la cara de todo el mundo tu riqueza y el desenfadado estilo de vida que puedes permitirte llevar.

–Eso no es más que un efecto colateral del que disfruto enormemente.

Brittany lo había aceptado todo después de aquella primera noche en el club. Después del beso cuyo recuerdo había estado torturando a Cairo desde entonces. Aquella misma semana había acudido a su residencia en el coche que había enviado por ella en plena noche para mantener su encuentro en secreto. Los destellos de vulnerabilidad que había percibido en ella en el club ya se habían esfumado por completo para entonces. Se limitó a discutir con él sobre la estrategia que iban a seguir, aportando incluso sus propias ideas, y a firmar todos los papeles que puso ante ella. Sin la más mínima teatralidad. Sin la más mínima muestra de emoción, como si todo lo que hubiera entre ellos se redujera estrictamente a los negocios.

Y luego insistió en que así deberían seguir siendo las cosas.

–Supongo que estarás bromeando –protestó Cairo después de que ella dejara caer aquella pequeña bomba.

–Casi nunca bromeo –dijo Brittany–. Y jamás lo hago sobre lo relacionado con el sexo.

–Pero el sexo es una de las grandes alegrías de la vida. Estoy seguro de que eso ya lo sabes.

–No me extraña que seas conocido como un auténtico faro de la felicidad. ¡Oh, pero espera! Su estilo se acerca más al de la pereza ¿verdad, Su Indolente Majestad?

Cairo no había sabido qué conclusión sacar de aquella conversación tan extraña sobre sexo con una mujer cuya gestualidad evidenciaba a sus ojos que lo deseaba tanto como él a ella. Dijera lo que dijese.

–Sé que me deseas –había replicado–. ¿Acaso crees que logras ocultarlo?

–Me da igual con quién te acuestes –había continuado Brittany como si Cairo no hubiera dicho nada–. Solo te pido que mantengas la discreción, para que no nos distraigamos del plan que nos hemos trazado, y que, por mera cortesía, no te dediques a hablarme de tus aventuras.

–Entonces, ¿nada de tríos? –había preguntado Cairo solo para ver cómo reaccionaba.

–Puedes tener todos los tríos que quieras, a menos

que un hombre de tus apetitos encuentre esa cantidad reducida, por supuesto. Te aseguro que me da igual dónde pongas tu real cetro, mientras no sea cerca de mí.

Cairo había ladeado la cabeza para mirarla.

—Eso ha dolido —dijo—. Mi cetro es el más aclamado de Europa, y tal vez del mundo entero.

Algo destelló en la oscura mirada de Brittany.

—Eso lo dudo. Pero te aseguro que, a pesar de lo atractivo que puedas creerte, o incluso que yo pueda encontrarte, no siento ninguna necesidad de hacer nada al respecto. Y estoy segura de que, según pase el tiempo, esa atracción se irá diluyendo hasta quedar en nada.

Cairo no recordaba haber conocido nunca a nadie que hubiera tenido el descaro de tratarlo como si fuera una mera molestia. Y no comprendía por qué encontraba aquel hecho tan intrigante en el caso de Brittany.

—Me han dicho que mi encanto es tal que eso nunca llega a suceder —dijo con una sonrisa—. Solo te estoy contando lo que dicen de mí.

—¿Y qué pueden saber esas mujeres? Nunca pasas más de una semana con ninguna. Sin embargo yo he firmado para estar expuesta durante mucho más tiempo a tu...

—¿A mi cetro?

Brittany había esbozado aquella irónica y atrevida sonrisa que Cairo encontraba tan fascinante.

—A tu «encanto». O lo que sea.

—Creo que te estás engañando —dijo Cairo con suavidad, aparentemente incapaz de mantener su juego con aquella mujer—. El sexo es algo inevitable.

–Estoy segura de que crees eso –había replicado Brittany con total indiferencia–. Y ya te he dicho que tienes mi bendición para practicarlo con quien quieras, mientras no te dediques a darme explicaciones al respecto.

Tras aquella conversación había sucedido algo realmente curioso. Cairo no había vuelto a sentir el deseo de tocar a otra mujer excepto a ella. Se dijo que era porque había demostrado ser una socia excelente, una compañera perfecta para la obra que estaban interpretando de cara a las masas. Se dijo muchas cosas, pero solo la veía a ella.

–¿Por qué quieres hacer esto? –preguntó Brittany aquella primera noche, después de que Ricardo la condujera al salón en que la aguardaba Cairo–. ¿Qué esperas ganar?

Cairo se limitó a encogerse de hombros.

–Por diversos motivos, necesito «infligir» algo al mundo, como dijiste la primera vez que nos vimos. ¿Y tú por qué estás dispuesta a hacerlo?

–Quiero retirarme a Vanuatu, una isla del Caribe, para vivir en la playa, donde nadie podrá volver a sacarme jamás ninguna foto.

Cairo estaba seguro de que ninguno de los dos se había creído lo que había dicho el otro.

Y varias semanas después, allí estaban. Brittany vestía a la perfección, reaccionaba a la perfección, lo miraba con la mezcla perfecta de adoración y misterio cada vez que había una cámara cerca. Parecía hecha a medida para su papel.

–¿Por qué me estás mirando así? –preguntó Brittany, haciendo volver a Cairo al presente.

Se había quitado el deslumbrante vestido que llevaba en cuanto habían subido al avión, casi como si no pudiera soportar ni por un instante más tan sofisticada costura. Lo hacía siempre. En cuanto estaba segura de que no había cámaras cerca, se quitaba todo el envoltorio y no quedaba más que una mujer real, viva, auténtica.

Cairo estaba fascinado. Le encantaba Brittany con lo que él consideraba su uniforme entre bastidores. Unos pantalones de hacer ejercicio que se ceñían como un guante a cada una de sus tentadoras curvas y una camiseta de manga larga de algún material ligero y suave. A veces, como aquella noche, también llevaba puesta una gran bufanda de cachemira con la que se envolvía en varias capas el cuello. Y a Cairo le encantaba mirarla.

—Disculpa —dijo finalmente—. Estaba pensando que eres la única mujer que me ha hecho compañía con una vestimenta tan desenfadada —sonrió, aunque hacerlo no le resultó tan fácil como de costumbre—. Mi estilo de vida nunca se ha prestado a tales intimidades.

Brittany parpadeó, y aquel simple gesto conmovió a Cairo de un modo incomprensible.

—Te esfuerzas mucho por demostrar lo contrario, pero bajo todo ese humo y todos esos espejos, bajo el espectáculo de Cairo Santa Domini, hay un hombre muy distinto, ¿verdad?

A Cairo no le gustó nada aquello. Llevaba mucho tiempo esforzándose para que nadie viera más allá de la imagen exterior que proyectaba, porque él conocía muy bien la oscuridad y el frío que habitaban tras esta.

–No hay nada bajo ese «espectáculo» –dijo en un tono demasiado serio. Demasiado revelador–. Solo hay un espectáculo. El espectáculo de cómo vivo, Brittany. Créete al menos eso.

Probablemente aquello era lo más sincero que había dicho nunca a Brittany. O a cualquier otra persona.

–A veces pienso que eres un monstruo. Que quieres que crea que lo eres. Pero otras... –la voz de Brittany se suavizó y Cairo experimentó un inexplicable y ardiente terror en su pecho–. Creo que probablemente eres el hombre más solo que he conocido nunca.

Los latidos del corazón de Cairo arreciaron.

–No conozco a ningún huérfano o refugiado que no lo sea –dijo, y supo de inmediato que no debería haberlo hecho. Debería haber bromeado, haber dicho algo superficial, como podía esperarse de él. Pero se sentía incapaz de apartar la mirada de Brittany. No sabía qué le estaba pasando–. Y yo soy ambas cosas. Lo único que tengo, y lo único que tendré, es el espectáculo.

Tras decir aquello, Cario se apoyó contra el respaldo de su sillón y simuló quedarse instantáneamente dormido.

Pero sintió durante mucho rato el peso de la oscura mirada de Brittany en él.

–Se rumorea que el general está enfermo –dijo Ricardo unos días después–. También se comenta que la última «aventura» de Su Excelencia podría resultar insoportable incluso para sus más fervientes seguidores, especialmente en un momento en que el país puede necesitarlo. Temen que vaya a cometer un error irreparable

Cairo apartó la mirada de su portátil para volverla hacia el hombre que había estado a su lado desde antes de que todos los miembros de su familia murieran. Ricardo era lo más parecido que tenía en el mundo a un amigo.

—Supongo que no se refieren a un asesinato, sino a que me case —dijo con ironía—. ¿Y es cierto que el general está enfermo?

Su mortífero corazón, uno de los motivos por los que sabía que nunca llegaría a ser un buen hombre, deseaba que el general muriera de la forma más dolorosa que fuera posible. Sería un buen comienzo.

—El palacio trata por todos los medios de ocultarlo, pero mis contactos aseguran que es cierto —Ricardo dedicó una penetrante mirada a Cairo—. Los leales a la corona piensan que la relación «amorosa» que Su Excelencia está manteniendo en la actualidad es una distracción, un mero juego para pasar el rato mientras espera a que el usurpador muera.

Cairo pensó en los leales a la corona, cuyo deseo de que recuperara el trono no había hecho más que crecer y crecer con el paso del tiempo. No parecían comprender que cualquier intento de hacerlo podría llevar a una nueva masacre. ¿Acaso no habían aprendido nada del pasado? El general Estes seguía siendo el carnicero que siempre había sido, tal vez más si sentía que el poder se le estaba escapando de las manos.

–Los leales creen lo que quieren creer.

–Alegan que la mujer con la que está saliendo es totalmente inadecuada. Inaceptable incluso. Supondría una auténtica bofetada para el árbol genealógico de los Santa Domini.

–Que el cielo no permita que la línea de sangre que culmina en mí sufra una bofetada –dijo Cairo en tono mordaz–. La monarquía quedaría manchada para siempre... pero claro, olvidaba que ya no hay monarquía y que no la habido en treinta años.

Ricardo ya había oído muchas veces aquello y se limitó a inclinar la cabeza.

–Quieren una reunión.

Los partidarios de la corona prácticos querían recuperar sus tierras y sus fortunas confiscadas. Los idealistas querían recuperar el país de sus antepasados, su reino de cuento de hadas. Y Cairo sabía que, tanto para ellos como para sus enemigos, él no era más que una figura decorativa. Y las figuras decorativas solían acabar sacrificadas por la causa. Lo que sus partidarios no parecían comprender era que ellos seguirían la misma suerte. Y Cairo había tratado de evitar aquello desde que el general asesino había tomado el poder por la fuerza en su país.

Mientras el general viviera, nada ni nadie estaría a salvo.

–Imposible –murmuró–. Mi calendario esta completo, y además me estoy enamorando como un tonto de una norteamericana vilipendiada en al menos tres continentes, lo que me convierte en alguien totalmente inapropiado para ser rey de nadie.

–Eso es más o menos lo que les he dicho. Pero no se lo han tomado bien.

La historia estaba plagada de parientes ejecutados y depuestos de muy diversos monarcas, monarcas que habían sido conducidos al poder por una clase de gente con la que más valía no hablar directamente, algo de lo que Cairo era muy consciente. El mero hecho de su existencia ya era causa de una intensa irritación para el general Estes. Aunque Estes hubiera reclamado el trono de Santa Domini, todo el mundo sabía que lo había tomado a la fuerza y que Cairo seguía siendo el heredero legítimo.

Si, como le aconsejaron sus padres, se hubiera mantenido oculto tras el golpe de Estado, Cairo sabía con certeza que no habría sobrevivido. El hecho de que siguiera vivo, de que siguiera respirando, era un constante recordatorio para el general de que él no era el gobernante legítimo de su país, y de que nunca lo sería.

Cairo había pasado mucho tiempo asegurándose de que nadie pudiera imaginar que alguien tan vacuo y frívolo como él tuviera la posibilidad de llegar a ser ninguna clase de rey. Mantener reuniones y conversaciones secretas con aquellos que querían utilizarlo para recuperar su país supondría echar por tierra todo aquel trabajo. Y no estaba dispuesto a poner en riesgo la vida de nadie más.

–Supongo que solo queda un camino que seguir –dijo al cabo de un momento, cuando la tensión ya empezaba a palparse en aquella habitación, tan parecida a un mausoleo–. Clavar el último clavo de mi ataúd.

–Espero que no literalmente, señor

Cairo sabía con total certeza que Ricardo haría siempre lo que le pidiera. Pero también sabía que su corazón era el de un convencido leal a la corona.

Se obligó a sonreír y, como siempre había hecho, simuló no ser consciente de cuánto anhelaba su hombre de confianza que llegara por fin el día en que decidiera ponerse en pie y anunciar que ya había tenido suficiente, que iba a recuperar su trono y su reino. Pero ese día nunca llegaría. Cairo se había asegurado de ello, al igual que se había asegurado de convertirse exactamente en la clase de hombre que su querido padre habría despreciado con todas sus fuerzas.

Volvió a centrar su atención en la pantalla del portátil, en sus prósperos negocios, diciéndose que se sentía muy tranquilo, que su corazón no estaba latiendo con la fuerza con que en realidad lo estaba haciendo.

Porque finalmente había llegado el momento de casarse con Brittany, su inadecuada y futura consorte, el golpe mortal y definitivo contra su noble linaje, contra cualquier posible reclamación del trono de Santa Domini.

Se casaría con Brittany y destrozaría de una vez por todas los sueños de todos los leales a la corona.

Debería haber visto aquel paso con cierto grado de satisfacción, posiblemente con un poco de nostalgia por el país que no había vuelto a ver desde que era un niño.

Pero, en lugar de en su reino, en lo que estaba pensando era en Brittany, en la tortura de aquellos dos últimos meses, en el hecho de haberla tenido tan cerca y, sin embargo, tan lejos.

Pero por fin había llegado el momento.

Finalmente iba a poder hacerla suya.

Y sentía que no podía esperar un momento más para conseguirlo.

Capítulo 5

PRESTA atención, por favor –dijo Cairo desde el otro lado de la mesa.

Su voz hizo salir a Brittany de su ensimismamiento. Al instante, como una autómata, esbozó la sonrisa de adoración que requería la situación.

Había elegido para la ocasión un vestido rojo que ceñía sus generosos pechos para luego caer hasta flirtear con sus rodillas y unos delicados zapatos de tacón que habrían impresionado incluso a las más sofisticadas mujeres francesas. Había echado atrás parte de su melena, dejando que el resto cayera como unas cascada de cobre desde un pequeño y brillante clip hasta sus hombros desnudos.

Estaría preciosa en toda las fotos de compromiso. Incluso elegante. Y así aparecería en las fotos que sin duda ya empezaban a mostrarse en la red. La famosa exstripper y casi futura reina.

«Jamás me he sentido más feliz en mi vida», se dijo Brittany, rodeada por la delicada vajilla del famosísimo restaurante al que habían acudido. Y lo repitió en su mente una y otra vez con la esperanza de que se acabara convirtiendo en verdad.

Y, cómo no, Cairo estaba irresistiblemente atractivo. Lo que aquel hombre era capaz de hacer con una chaqueta y un par de pantalones oscuros desafiaba toda descripción. Era como si llevara sobre sí un perpetuo halo de luz que lo hiciera parecer casi angelical a pesar de su verdadera reputación, basado en hechos perfectamente constatables. Hacía que todo el mundo volviera la cabeza a su paso. Inspiraba suspiros, suspiros que los habían acompañado desde su entrada en el restaurante hasta que habían llegado a la privilegiada mesa que ocupaban.

Era el hombre más peligroso que Brittany había conocido nunca y, a veces, cuando perdía por unos instantes su habitual máscara y dejaba de utilizar su lenguaje absurdo y provocativo, estaba segura de que aquello tenía que ser evidente para todo el mundo.

Aquella noche había acudido a recogerla a su apartamento en un elegante deportivo italiano rojo para llevarla a aquel famoso restaurante, en torno al que ya merodeaban docenas de paparazzi tomando una foto tras otra con sus impresionantes teleobjetivos.

«Ya no hay posibilidad de escape», susurró una vocecita en el interior de la cabeza de Brittany, donde en realidad temblaba aterrorizada debido a lo susceptible y vulnerable que se sentía ante aquel hombre. «Ya no hay posibilidad de escape».

–Pareces aburrida –dijo Cairo al ver que el silencio se prolongaba. Se inclinó hacia ella y deslizó un dedo por el borde de su copa mientras hablaba–. Pero estoy seguro de que no es así.

Consciente de su papel, Brittany también se inclinó hacia delante y apoyó la barbilla en su mano mientras lo miraba con expresión arrebolada.

–Lo único que sucede es que ya he hecho esto demasiadas veces –replicó sin dejar de sonreír.

La ronca risa que dejó escapar Cairo pareció iluminar su rostro y su sonido recorrió el cuerpo de Brittany como una intensa y sensual descarga eléctrica.

Cairo la observó atentamente, como si supiera exactamente lo que le estaba pasando.

–¿Tu primer marido adolescente te propuso matrimonio en el mejor restaurante de... donde fuera que estuvierais?

–Pues lo cierto es que sí –contestó Brittany altaneramente, aunque sin dejar de sonreír–. Fue en el aparcamiento de un McDonald's, con unas hamburguesas y unas patatas de por medio. Aunque no lo creas, aquello fue algo muy romántico para una chica de dieciséis años sin futuro. Y además Darryl pagó las hamburguesas.

Cairo asintió con gesto socarrón.

–¿Y qué me dices del pobre Carlos, al que tan horriblemente trataste en aquel apestoso reality show? Representaste muy bien a la persona cruel e insensible que los periódicos dicen que eres realmente.

–Entró en el bar en que estaba trabajando y...

–¿Es eso un eufemismo o te refieres al club de striptease?

–Me refiero al bar en que trabajé como camarera. El club fue mi segundo trabajo.

Cairo esbozó una sonrisa y Brittany sintió que se volvía tonta perdida mirándolo. Total y absolutamente tonta. La única defensa que solía tener era comportarse como un carámbano pero, al parecer, aquella noche no estaba logrando recurrir a aquella estratagema. Tal vez se estaba esforzando demasiado por evitar lo inevitable.

—Carlos vino al bar a decirme que se iba a Los Ángeles y que debería irme con él —se encogió de hombros en un intento de apartar los desagradables recuerdos de aquella época, la clientela grosera y gritona del bar y los lugares en los que trataban de poner constantemente sus manos, la continua sensación de peligro que, a pesar de todo, había sido mejor que una vida esquivando los puños de Darryl—. Tenía algún contacto y estaba seguro de que podría conseguir que nos metieran en algún programa de televisión. No mucha gente va por ahí diciendo eso, de manera que quise saber cuál era el precio. Dijo que tendríamos que casarnos. Yo acepté. Eso fue todo.

Cairo no llegó a apoyar una mano en su pecho con gesto de pena, pero su expresión lo implicó.

—De manera que fue por pura pobreza —dijo, asintiendo—. ¿Y qué me dices de Jean Pierre?

—Eso fue mucho más divertido —contestó Brittany animadamente, sin dejar de sonreír—. Vino a verme al camerino después de una actuación en el club. Me dijo cosas realmente encantadoras y aduladoras.

Cairo asintió.

—Seguro que puso por las nubes al coreógrafo de tus bailes. ¿O tal vez se refirió al elegante diseño del escenario?

—Algo así —murmuró Brittany—. Después me reveló que le quedaba poco tiempo de vida y que tenía varios hijos profundamente desagradecidos que solo esperaban su muerte para echar mano de su dinero. Me pidió que me casara con él para fastidiarles y darles una lección.

—¿Y eso resultó lo suficientemente tentador para ti?

—Jean Pierre tenía un encanto muy especial.

—Imagino que te refieres a su red de empresas —comentó Cairo en tono mordaz.

No había ningún motivo especial para que un comentario de aquella índole molestara especialmente a Brittany aquella noche, sobre todo teniendo en cuenta que era cierto. Pero, por alguna razón que no lograba explicarse, se sentía especialmente frágil. Dadas las circunstancias, no podía dedicar a Cairo la mirada asesina que habría querido, de manera que tuvo que conformarse con una animada sonrisa que hizo que le dolieran los labios.

—No tengo por costumbre disculparme o arrepentirme de nada de lo que he hecho —dijo, y tuvo que hacer verdaderos esfuerzos para lograr que la voz no le temblara—. Solo las personas que nunca han tenido que preocuparse por el dinero pueden mirar con condescendencia a los que nunca lo han tenido. Además, tú no eres diferente a mí —añadió con todo el desdén que pudo.

—Siento no estar de acuerdo contigo en ese punto, *cara*. Yo no tengo por costumbre venderme al mejor postor.

—Sigue repitiéndote eso y a lo mejor acabas creyéndotelo. Portada tras portada de periódico sensacionalista.

Brittany percibió en los ojos de Cairo el destello

de una emoción que no supo interpretar. Se limitó a inclinar levemente la cabeza. No dijo *Touché*, pero Brittany supuso que no necesitaba decirlo.

–Cairo –dijo, sin darse cuenta de lo que estaba haciendo. Estaba actuando, desde luego, pero sentía que había herido sus sentimientos, algo que en realidad debería haberle parecido imposible–. Sé que no eres la clase de hombre que representas en público –añadió y, a pesar de tampoco saber de dónde había salido aquello, supo que era cierto, y algo cambió en aquel instante en su interior. Alargó una mano hacia él por la mesa, pero Cairo no la tomó–. No te mataría admitirlo, aunque solo fuera ante mí.

Cairo dejó escapar una amarga risa, y a Brittany le pareció que se sintió tan sorprendido como ella por aquel sonido. Pero siguió sin tomarla de la mano.

–En eso te equivocas –dijo, y Brittany se quedó muy quieta. La mirada de Cairo se había vuelto intensamente oscura. Dolorosamente oscura. No quedaba en ella el más mínimo resto de su habitual indolencia, de su pereza–. Claro que podría matarme admitirlo. ¿Acaso te creías que esto era un juego?

Aquellas palabras quedaron suspendidas en el aire entre ellos, crudas y ásperas. Un instante después Cairo apartó la mirada y deslizó innecesariamente una mano por la perfecta línea de su solapa.

–¿A qué te refieres? –susurró Brittany.

–No me refiero a nada –replicó Cairo, aunque tardó un momento más en volver a mirarla–. Soy una criatura de extremos, algo que ha sido muy bien documentado por la prensa. El teatro en que vivo a veces se me sube a la cabeza y creo estar representando una gran tragedia. Pero ambos sabemos que no soy de tipo trágico.

—Cairo... —empezó a decir Brittany, pero, en un instante, Cairo cambió ante sus ojos y volvió a manifestar su habitual e indolente ironía.

—Dada tu dilatada experiencia en el tema, estoy seguro de que esta proposición no va a tener nada de memorable para ti. ¿Estás lista?

Brittany retiró la mano de la mesa y se dijo que aquello no era asunto suyo. Que Cairo no era asunto suyo. Que no debería haberse comportado como si realmente quisiera conocerlo.

—Nunca podrá ser tan enternecedora como la que me hicieron en el parking del McDonald's —dijo con toda la calma que pudo—, pero sé que te gustan los retos, así que, adelante.

Cairo esbozó su habitual sonrisa mientras sacaba del bolsillo de la chaqueta una cajita que solo podía contener una cosa. A pesar de todo, Brittany se quedó mirándola como si no supiera de qué se trataba. Como si no supiera lo que estaba pasando. Como si no hubieran acordado hacer aquello allí mismo, aquella noche.

Lo que más le asustó fue hacerse consciente de que solo estaba actuando en parte. Se sentía demasiado caliente y a la vez demasiado fría. Sentía que tenía la lengua pegada al paladar.

Cuando Cairo abandonó su asiento y echó una rodilla en tierra ante ella, su corazón comenzó a latir enloquecido. Sabía que todo aquello no era más que una representación, pero en aquellos momentos lo único que podía ver era aquello. A Cairo.

El mundo pareció desvanecerse a su alrededor cuando la tomó de la mano.

«Esto no es real, esto no es real, esto no es real», se repitió en silencio una y otra vez mientras Cairo abría la cajita.

Cuando contempló lo que había en su interior, Brittany se quedó sin aliento. Conocía aquel anillo. Todo el mundo conocía aquel incomparable diamante al que habían dedicado canciones y por el que se había llegado a derramar sangre a lo largo de los siglos.

—Este anillo perteneció a mi madre —dijo Cairo sin apartar la mirada de ella—. Y antes a mi abuela, y a su madre y a la madre de esta, y así sucesivamente. Tiene cientos de años. Fue un encargo hecho a los mejores artesanos joyeros de mi reino y es conocido como El Corazón de Santa Domini. Espero que lo lleves con orgullo.

—Cairo... —protestó Brittany en un susurro. No podía llevar aquel anillo. No podría soportarlo. Era un símbolo de esperanza, de auténtico amor, y aquello no era más que una representación para la prensa.

Pero fue incapaz de pronunciar palabra. Solo fue capaz de seguir mirando embobada a Cairo mientras este sacaba el anillo de la cajita y lo introducía con delicadeza en su dedo anular.

—Cásate conmigo —murmuró, y su voz también sonó diferente. Más profunda. Más cargada de matices, de sensualidad.

Entonces Brittany comprendió lo ridículo que era el juego al que estaban jugando. No había ninguna frialdad real en ella. No había carámbanos ni nada parecido. Lo sentía todo. No sabía si quería gritar o llorar, si quería caer en brazos de Cairo o salir corriendo.

Trató de decirse que aquel matrimonio no iba a ser distinto a los anteriores, que daba igual que llevara en la mano uno de los anillos más románticos de la historia del mundo.

–¿Voy a tener que rogártelo? –preguntó Cairo, aunque parecía tan cómodo sobre una rodilla como lo habría estado en una tumbona o echado en un sofá, como si pudiera hacer suya y convertir en pura elegancia cualquier postura que decidiera adoptar.

Brittany carraspeó.

–Claro que no –dijo rápidamente, y no tuvo que simular el temblor que estaba experimentando, ni el brillo de las lágrimas que asomaron a sus ojos–. Claro que no tienes que rogármelo.

–Dilo –ordenó Cairo en el tono del rey que no era–. Necesito oírlo.

Brittany se sintió momentáneamente paralizada al escuchar aquel irreconocible tono en la voz de Cairo. Le hizo imaginar que todo aquello era algo muy distinto a lo que parecía, algo mucho más intenso, más peligroso.

–Sí –contestó–. Sí, me casaré contigo.

–Esperaba que así fuera –dijo Cairo, pero no se movió. Sus ojos estaban iluminados por aquel adictivo calor que Brittany no quería reconocer, pero que siempre la invadía y hacía florecer en su interior algo parecido a un dulce dolor–. Vamos, Brittany. Ahora tenemos que vender realmente esta escena a nuestro público.

—Ya he dicho que sí. ¿Qué más quieres?

—Creo que ya lo sabes. Ahora tienes que besarme, y tienes que hacerlo bien, con convicción.

Brittany se sintió mareada al escuchar aquello, aturdida.

Pero no se le ocurrió no obedecer.

«Quieres obedecerlo», susurró una acusadora vocecilla en su interior.

Alargó las manos hacia el rostro de Cairo para tomarlo con delicadeza por la barbilla y atraerlo hacia sí. En aquellos momentos no vio más que fuego y ardor en la mirada de aquel hombre maravilloso al que nunca debería haber conocido. A quién nunca debería haber tocado. Ni ella ni su cuerpo habían logrado olvidar todavía el beso que se habían dado unas semanas antes.

A pesar de haberlo tenido a su alcance todo el tiempo desde aquel día, no lo había tocado ni una vez. No se había atrevido. Y no sabía qué iba ser de ella si lo hacía. No podía imaginar lo que le esperaba al otro lado, y tampoco sabía cómo iba a enfrentar al hecho de estar deseando algo que nunca antes había deseado.

Pero en aquellos momentos estaban en público, algo que al menos debía suponer cierto grado de seguridad.

De manera que se inclinó hacia delante hasta que sus labios se encontraron con los de Cairo.

Fue aún mejor de lo que recordaba, mejor aún de lo que había soñado. Tanteó la forma de sus labios y un cálido estremecimiento recorrió su cuerpo de arriba abajo cuando Cairo ladeó el rostro para profundizar el beso.

Brittany se lo devolvió como si los cuentos de hadas fueran reales, como si ellos dos fueran reales. Lo besó como si no fueran más que un hombre y una mujer, como si aquel beso fuera lo único que importaba.

Allí no había ningún rey, ninguna stripper, ningún personaje de la prensa sensacionalista, nada planeado.

Brittany lo besó como si se estuviera enamorando de él, haciendo caso omiso del peligro que aquello podía suponer, con el corazón desbocado.

Entonces Cairo se apartó como si hubiera intuido lo que estaba pasando y, con una delicadeza infinita, como si fuera algo precioso para él, apartó un mechón de pelo que había caído sobre la mejilla de Brittany. Algo floreció en aquel instante dentro de ella, algo cálido, brillante. Porque aquello era lo que quería. Quería ser preciosa para él.

—Prometo que no te arrepentirás de esto —murmuró Cairo roncamente, en un tono que llegó a oídos de Brittany con una desconcertante mezcla de sinceridad y dolor.

—Ni tú tampoco —se oyó responder en un tono casi solemne.

Aquellas palabras quedaron suspendidas por unos segundos entre ellos, relucientes, reales.

Y aquel fue el momento en que el primer paparazzi alcanzó su mesa.

Seis semanas después, Brittany se hallaba de pie en medio de una espaciosa habitación de piedra en un castillo de la costa italiana, atendida por un grupo de sonrientes italianas que la estaban ayudando a ponerse el vestido de novia.

Se obligó a recordar que aquel día, con todas sus ceremonias y celebraciones, no tardaría en disolverse en el olvido.

En pocos años, apenas nadie recordaría que, tras trescientos años de tradición, Cairo Santa Domini había sido el primer miembro de su familia en no casarse en la icónica catedral de su país, no lejos del palacio desde el que su familia había gobernado. Y a nadie le importaría que se hubiera contaminado haciéndolo con una mujer de la funesta reputación de Brittany Hollis.

El tiempo pasaría y, como estaba planeado, se divorciarían. Se asegurarían de que la noticia fuera difundida por el mundo a través de los medios de comunicación más sensacionalistas y Brittany acabaría siendo recordada como una mera nota a pie de página en la historia de la familia de Cairo, historia que acabaría ignominiosamente con él.

Era una pena que aquella mera nota a pie de página en particular sintiera que estaba a punto de sufrir un ataque de pánico.

–¿Se encuentra bien, *milady*? –preguntó con expresión preocupada una de las mujeres que estaba ayudando a Brittany–. Está muy pálida.

–Estoy bien, gracias –contestó Brittany con una forzada sonrisa–. Supongo que solo son los nervios.

Unos minutos después, tras haber acabado su tarea, las mujeres salieron y Brittany se quedó sola en la habitación. Respiró profundamente varias veces seguidas y cerró los ojos para tratar de controlarse, para conservar los ojos sin lágrimas. Para mantenerse en pie y no desmoronarse allí mismo.

–Vanuatu –murmuró para sí, casi con ferocidad–. Vanuatu. Palmeras y arena blanca. Libertad, sol, pareos...

No notó que tenía los puños intensamente apretados hasta que los dedos empezaron a dolerle. Debía concentrarse en la tarea que le aguardaba, debía seguir respirando profundamente hasta calmar los nervios que atenazaban su estómago.

Acababa de volverse hacia los ventanales de la habitación, que ofrecían unas magníficas vistas de la campiña italiana, cuando oyó que se abría la puerta a sus espaldas.

–Me gustaría permanecer un rato a solas –dijo sin volverse.

–Me temo que mi papel en la vida consiste en decepcionarte.

Cairo.

Por supuesto.

El efecto relajante de las respiraciones profundas se esfumó al instante, y Brittany ya tenía el corazón en la boca cuando se volvió hacia la puerta para comprobar que, como era de esperar, Cairo Santa Domini tenía una aspecto espléndido el día de su boda. O, más bien, un aspecto deslumbrante. Estaba resplandeciente con su corbata blanca, y las largas colas de su chaqué realzaban su espléndida y poderosa figura. Iba más peinado que de costumbre y se había afeitado, lo que le daba un poco menos aspecto de renegado. El color de sus ojos era más cercano al del whisky que al del caramelo, y parecían ver a través de Brittany como si estuviera hecha de cristal.

–¿Qué haces aquí? –preguntó, sin aliento–. ¿No deberías estar esperándome en la capilla?

–Como sé que no pueden empezar sin mí, he querido asegurarme de que no te estuvieran rondando ideas raras por la cabeza, como tirarte por la ventana, por ejemplo. Aunque tu suicidio el día de nuestra boda sería un cebo increíble para la prensa sensacionalista, para mí significaría tener que volver a empezar de nuevo con todo este largo proceso. Y odio repetirme –concluyó Cairo con un irónico alzamiento de ceja.

–El contrato que firmamos estaba muy claro. La muerte significaría no recibir un céntimo. Y si te abandono en el altar solo obtendré un cuarto de lo estipulado –Brittany se encogió de hombros con toda la indiferencia que pudo simular–. De manera que no me interesa en lo más mínimo tirarme por esa ventana.

En aquel instante se le ocurrió algo que atenazó su corazón como un puño de hierro.

–¿Por qué lo preguntas? ¿Acaso has cambiado tú de opinión?

Brittany entendió demasiadas cosas en aquel inacabable momento, mientras aguardaba la respuesta de Cairo. Demasiadas cosas que no quería admitir ni ante sí misma.

Aquella boda no se parecía en nada a las tres anteriores. Y no solo por el vestido que llevaba. Cuando se casó con Jean Pierre, y a petición de este, para irritar aún más a sus herederos, había llevado un vestido que le había hecho parecer más una corista de Las Vegas que la solemne novia que, dada su edad y posición, habría requerido un hombre como Jean Pierre.

Sin embargo, el vestido que llevaba en aquella ocasión, y que había sido elegido por Cairo, no tenía nada que ver. Le hacía parecer una auténtica princesa de sangre azul a punto de casarse con un rey, no una mujer habituada a aparecer en las portadas de los periódicos sensacionalistas con atuendos descaradamente reveladores. Sus pechos no eran la principal atracción con aquel vestido. Ni siquiera se veían un poco. Sus muslos y piernas no quedaban expuestos cada vez que se movía. Su velo, que había pertenecido a la familia Santa Domini desde siempre, era tan antiguo como el título de Cairo.

No. Aquella boda no se parecía a ninguna de las otras.

Y le hacía sentir algo que tampoco había sentido nunca. Cairo se lo hacía sentir.

–No he cambiado de opinión –contestó Cairo finalmente a la vez que avanzaba hacia ella, lo que hizo que empeoraran aún más las cosas.

Brittany se ordenó permanecer muy quieta, limitarse a alzar la cabeza para seguir mirando el rostro de Cairo y no reaccionar cuando la tomó de la mano. Sus dedos encontraron el Corazón de Santa Domini y lo movió delicadamente a un lado y a otro.

Fue un contacto leve, refinado, conservador, nada parecido a los dos besos que se habían dado hasta entonces, pero Brittany experimentó una intensa vibración por todo su cuerpo a la vez que su sangre parecía entrar en ebullición, como si la caricia de los dedos de Cairo hubiera sido mucho más íntima, mucho más carnal.

Algo en su interior deseó que hubiera sido así. Sintió cómo se humedecía entre las piernas, cubiertas de metros y metros de brillante seda blanca, y algo palpitó en con fuerza entre estas. Deseó no haber sido virgen. Deseó haber tenido tanta experiencia como había hecho creer al mundo. Entonces habría sabido qué hacer.

−¿Y tú? −preguntó Cairo a la vez que alzaba ligeramente la mano de Brittany para contemplar el anillo.

−No −contestó Brittany, que había temido no ser capaz de articular palabra. Por un instante creyó percibir una expresión parecida al alivio en el rostro de Cairo, pero se esfumó con tal rapidez que se dijo que solo lo había imaginado−. No he cambiado de opinión.

Cairo asintió lentamente

−Los invitados ya están reunidos −dijo con su habitual relajación, como si estuviera acostumbrado a casarse a diario. Brittany envidió su calma−. Los sobrealimentados vástagos de todas las familias nobles de Europa, o sus más embarazosos parientes en su lugar, dependiendo de lo personalmente ofendidos que se hayan sentido los actuales monarcas con mi impresentable comportamiento a lo largo de estos últimos años.

−Supongo que también estarán tus amigos y algunos familiares, aunque sean lejanos ¿no?

−¿En el sentido de que todas las familias aristocráticas de Europa tuvieron relaciones de parentesco en un momento u otro? –Cairo se encogió de hombros–. Yo no los consideraría familiares míos. Entre otras cosas, hacerlo resultaría bastante presuntuoso. Pero tampoco he podido evitar fijarme en que no hay ningún miembro de tu familia presente.

Brittany habría querido retirar su mano de la de Cairo en aquel momento, pero hacerlo habría resultado demasiado revelador, sobre todo teniendo en cuenta que ya se sentía muy vulnerable, y que aquel era el hombre que, tras enseñarle su verdadero rostro en un restaurante en París, le había asegurado que tan solo había sido una malinterpretación suya. Cairo «quería» que las máscaras que llevaban permanecieran en su sitio.

–No he invitado a mis familiares –contestó con brusquedad, y finalmente retiró su mano de la de Cairo sin preocuparse por lo que pudiera pensar–. Además, no habrían querido asistir al espectáculo. A fin de cuentas nuestro matrimonio no va a durar mucho, así que decidí que no merecía la pena tomarme la molestia de invitarlos.

Brittany lamentó de inmediato haber dicho aquello. Aunque Cairo volvió el rostro hacia los ventanales de la habitación y aparentó estar contemplando un momento el paisaje, ella percibió la pétrea expresión de su rostro y supo con certeza que lo había ofendido.

Cuando volvió a mirarla lo hizo con gesto especulativo.

–No estarás nerviosa ¿no, *cara*? Supongo que esto es coser y cantar para ti. A fin de cuentas yo soy el virgen en lo referente a las bodas, no tú.

Después, Brittany comprendió que fue aquella ridícula y arcaica palabra la causante de todo, porque ¿quién habría podido esperar que alguien la utilizara estando en compañía de una conocida fulana como ella? No era una palabra que sonara precisamente a menudo en los locales nocturnos ni en los clubes de striptease. Y mucho menos en Hollywood, el lugar menos virginal que podía imaginarse.

Pero daba igual cuál fuera la causa de su sobresalto. Lo único que importaba era que se sobresaltó. Y justo delante de Cairo.

Y para poner la guinda a su reacción, a continuación se ruborizó.

Intensamente y de un modo totalmente inconfundible.

Sintió cómo le subía el calor al rostro, haciéndola sudar y dejar escapar el aliento. El vestido empezó a picarle por todas partes y las peinetas que le sujetaban el velo a la cabeza se convirtieron en pinchos.

Pero lo peor de todo fue la fascinada expresión de Cairo mientras la observaba como si acabara de encontrarse con un marciano.

–Brittany –murmuró con gran suavidad–. ¿Tienes algo que decirme?

–No.

Cairo rio, pero su mirada se volvió aún más penetrante.

–¿Puede ser? ¿Es posible? ¿Realmente es posible?

Mortificada, Brittany no supo que hacer. Pero era muy consciente de que si no hacía algo iba a explotar. Trató de recuperar parte de su compostura pero, de pronto, su espalda topó con la pared de la habitación.

Ni siquiera había sido consciente de que había dado varios pasos atrás mientras Cairo avanzaba.

Pero ya era demasiado tarde.

Cairo se inclinó hacia ella como si quisiera inhalar uno a uno los delicados temblores que estaban recorriendo su cuerpo. A continuación apoyó ambas manos sobre la fría piedra de las paredes, cada una a un lado de la cabeza de Brittany, atrapándola donde estaba.

—Deja de mentirme —ordenó con la firmeza de un rey, en el mismo tono que utilizó el día que le propuso matrimonio.

—Estamos... estamos a punto de casarnos por dinero para poder llevar una vida digna de cualquier periódico sensacionalista —logró decir Brittany sin balbucear demasiado—. Pensaba que las mentiras se daban por descontadas.

—Brittany —insistió Cairo—. ¿De verdad eres la virgen menos probable y más disimulada de todo el planeta?

Capítulo 6

BRITTANY sabía que debía detener aquello de inmediato. Tenía que distraer a Cairo como fuera. No lograría sobrevivir si Cairo averiguara que era algo más que la criatura fría y calculadora que llevaba tanto tiempo simulando ser que incluso ella misma a veces lo creía.

No podía mostrarse vulnerable precisamente aquel día. Y menos aún con aquel hombre.

–Por supuesto que no soy virgen –espetó con desparpajo, frunciendo el ceño. –. ¿De verdad sigue utilizando la gente esa palabra? ¿Acaso hemos regresado de pronto al siglo XVII?

Cairo no parecía convencido, y Brittany supo con absoluta certeza que debía convencerlo si no quería que su mundo se desmoronara y sus sueños se esfumaran para siempre. Y tenía que hacerlo de inmediato, antes de que fuera demasiado tarde, porque la estaba mirando como si supiera que era virgen, dijera ella lo que dijese.

–¡Menuda sandez! –continuó con todo el desenfado que pudo al ver que Cairo no decía nada–. Todo el mundo dice que soy una fulana y, por si te sirve de algo, te confirmo que no están equivocados.

–Creo recordar que un día mencionaste que también lo dice tu madre.

Brittany podría haber soltado una retahíla de las variantes de aquella palabra que le había dedicado su madre. Y también habría podido revelar cuánto le dolió que la insultara así en su momento. Pero aquellas heridas ya habían cicatrizado, y no pensaba permitir que nadie viera nunca aquellas cicatrices. Y menos aún Cairo.

–Especialmente mi madre –dijo, y la conciencia de que no estaba mintiendo dio cierta firmeza a su voz.

Cairo apartó una mano de la pared y la deslizó lentamente por la delicada línea de la mandíbula de Brittany con una mirada directamente peligrosa, posesiva, triunfante.

Y muy, muy masculina.

Brittany volvió a temblar. Había una parte de ella que lo que más deseaba en aquellos momentos era rendirse a los encantos de aquel hombre, confirmarle que lo que ya había adivinado era cierto.

Pero hacerlo habría sido una locura. Habría supuesto acercarse demasiado al abismo de la «intimidad», y ella no podía arriesgarse a hacer tal cosa. Y menos aún con Cairo Santa Domini, el rey de las orgías y el desenfreno.

¿En qué diablos estaba pensando?

Culpó al vestido, al elegante vestido de princesa capaz de dar «ideas» a cualquier mujer, incluso a una como ella. Un vestido que parecía salido de un cuento de hadas y que le hacía creer a una que los príncipes azules existían.

Pero a ella la vida le había enseñado otra cosa. Una y otra vez.

De manera que dedicó a Cairo una sonrisa sugerente y pícara. Alzó una mano para cubrir la que él tenía aún en su barbilla y se arqueó hacia él. Presionó los pechos contra el suyo y ladeó la cabeza sin apartar la mirada de sus ojos, ignorando como pudo el fuego que todo aquello avivó en su interior.

–Pero puedo hacerme la virgen si quieres –murmuró con sensualidad–. No me sorprendería que al playboy más famoso de Europa le gustara jugar a eso.

La ardiente e intensa mirada de Cairo adquirió un matiz de dureza.

–¿Estamos jugando? –preguntó.

–Un matrimonio como este no es más que un juego –Brittany hizo un mohín al ver que Cairo la seguía mirando como si quisiera penetrar en su mente–. ¿Por qué no llevar el juego hasta la cama?

–Me dijiste que no iba a haber nada de sexo en este matrimonio –murmuró Cairo sin apartar la mirada se sus labios.

–Y tú me dijiste que ese no era tu estilo –replicó Brittany, consciente de que no estaba sintiendo ningún rechazo ante el hecho de estar íntimamente presionada contra el cuerpo de Cairo.

Debería haberse sentido atrapada. Presa. Comprometida.

Pero no era así.

–Ya te dije en una ocasión que quiero estar dentro de ti Brittany, y eso no ha cambiado –dijo Cairo, y sus palabras sonaron a promesa.

Brittany cimbreó las caderas contra él a la vez que alzaba los brazos para rodearlo por el cuello. Su pulso se había desbocado y lo sentía en las venas, en las sienes, en la garganta, entre las piernas.

Y de pronto olvidó que estaba interpretando un papel. Lo olvidó todo excepto el hecho de que deseaba a aquel hombre, por asombroso y extraordinario que fuera aquello. Lo deseaba. El mundo entero ya pensaba que la había poseído cuantas veces había querido, de manera que ¿para quién se estaba reservando ella si no era para aquel hombre que se había metido bajo su piel como ningún otro lo había hecho jamás?

–¿Y entonces por qué no lo estás? –preguntó y Cairo pareció quedarse petrificado ante ella, aunque dejó caer la mano con que le estaba acariciando la barbilla–. ¿Por qué no estás dentro de mí si eres conocido en todo el mundo por tu incapacidad para mantenerla dentro de tu bragueta? ¿Por qué hemos pasado esta relación de manera tan casta y recatada? ¿O acaso tu reputación no son más que imaginaciones de los periodistas?

La mirada de Cairo adquirió una luminosidad que Brittany nunca había visto en ella.

–¿Por qué no lo averiguamos? –preguntó con voz sedosa a la vez que comenzaba a subir la larga falda del vestido de Brittany sin apartar la mirada de ella.

Brittany no habría podido pronunciar palabra ni aunque lo hubiera intentado.

Y no lo intentó.

Y en aquella ocasión, cuando Cairo alcanzó con

la mano la parte alta de su muslo y la introdujo en el valle que había entre sus piernas, no se lo impidió. Cairo encontró con un dedo su camino bajo las braguitas de seda que vestía y entonces sucedió. Sucedió de verdad.

La estaba tocando donde nadie la había tocado nunca.

Él.

Cairo.

Un ronco sonido de aprobación escapó de la garganta de Cairo y recorrió el cuerpo de Brittany como una caricia, haciéndole rendirse una vez más a las sensaciones que estaba experimentando.

Cairo acarició la suave carne de su sexo con delicadeza y sus oscuros ojos destellaron cuando le entreabrió los labios. Brittany no hizo nada excepto apoyarse contra la pared y morir una y otra vez a causa del placer que estaba experimentando. Alzó instintivamente las caderas para encontrarse con cada caricia, como si estuviera aprendiendo a bailar por primera vez.

Como si Cairo le estuviera enseñando los pasos del baile más perfecto que existía.

–Casi me siento como si supiera lo que estoy haciendo –murmuró Cairo junto a su oído–. No logro imaginar a ningún publicista implicado en la invención de mi reputación. ¿Y tú?

Brittany no estaba segura de que hubiera podido responder aunque hubiera querido, porque, en aquel momento, Cairo encontró el centro exacto de su deseo. Un suave, delicioso e incontenible gemido de placer escapó de entre sus labios. Se dijo que una mujer experimentada no habría reaccionado así, pero fue incapaz de contenerse.

–Consideremos esto una lección objetiva –murmuró Cairo mientras se inclinaba para rozar con sus labios el cuello de Brittany–. Tienes la costumbre de decir cosas que ninguna otra persona se atrevería a decirme nunca. Puede que por fin haya encontrado una forma apropiada de responderte.

Nada más terminar de decir aquello, Cairo giró su muñeca e introdujo un dedo en el húmedo y cálido sexo de Brittany, mientras seguía acariciándola con el resto de la mano donde más placer le estaba dando.

Fue una invasión. Fue perfecto.

Lo hizo una vez, otra, y otra, y luego añadió un segundo dedo y lo siguió haciendo.

Y Brittany sintió que su cuerpo se desintegraba en una explosión de intensísima luz. Tembló y se estremeció violentamente, clavó los dedos en los hombros de Cairo y el mundo se redujo a sus dedos dentro de ella y al murmullo de su voz junto a su oído.

Cuando volvió en sí estaba apoyada contra la pared y comprendió que lo único que había impedido que se cayera allí mismo había sido el brazo de Cairo que la rodeaba por la cintura.

Cuando logró centrar la mirada en él vio que la contemplaba con una expresión que nunca había visto en su monárquico rostro. Dura y solemne a la vez, y iluminada desde el interior con un anhelo, un hambre, que hizo que el sexo de Brittany se tensara de nuevo en torno a sus dedos.

Estaba dentro de ella.

Brittany volvió a estremecerse a la vez que un

ronco y a la vez delicado gemido escapaba de su garganta.

Cairo sonrió al escucharla y se tomó su tiempo para retirar la mano de entre sus piernas.

Algo se agitó entonces en el interior de Brittany, haciéndole abandonar casi de un salto el dulcísimo lugar en que acababa de estar gracias a las expertas caricias de Cairo. No supo qué fue. Solo supo que debía reaccionar de inmediato o lo perdería todo.

–¿Eso es todo? –preguntó, y nunca había sonado más aburrida en su vida. Dejó escapar un profundo suspiro y se apartó de él, consciente de la repentina expresión de arrogante asombro de Cairo–. Incluso los adolescentes cometen pecados más interesantes en los pasillos de los institutos. Esperaba un poco más de delicadeza por parte de un hombre que se llama a sí mismo rey –añadió mientras se apartaba de él y se encaminaba hacia el centro de la habitación.

–Delicadeza –repitió Cairo en tono cortante, como si aquella palabra le fuera desconocida–. La excitación del día de nuestra boda debe haberme causado alguna alteración auditiva. Acabo de imaginar que has dudado de mi delicadeza unos segundos después de haber alcanzado el orgasmo gracias a las caricias de mi mano. Seguro que he oído mal.

Brittany se sobresaltó ligeramente al volverse y encontrarse con Cairo prácticamente encima.

–Tranquilo, tranquilo –murmuró con tan poca sinceridad como pudo–. Estoy segura de que eres fantástico en la cama.

Cairo ladeó la cabeza ligeramente y esbozó una sonrisa que hizo pensar a Brittany en un lobo.

–Desde luego que lo soy –murmuró mientras avanzaba hacia ella. Brittany solo pudo dar dos pasos atrás hasta que sus piernas toparon con el borde de la gran cama que había en la habitación–. Pero no quiero que te fíes solo de mi palabra, *cara* –añadió y, a continuación, se inclinó para tomarla en brazos y arrojarla sobre la cama.

Brittany aterrizó en la cama con una sorprendida exclamación. Un instante después Cairo estaba sobre ella, apoyado sobre sus codos.

–Cairo...

–Tranquila, *cara*. Permíteme aceptar el reto que me has lanzado.

Cairo notó que su voz había surgido como un latigazo, apenas reconocible. Pero daba igual. Nada importaba en aquellos instantes excepto la mujer vestida de blanco que tenía debajo, con aquellos oscuros ojos aún cargados de fuego y deseo por él. La mujer que en poco rato iba a ser su esposa. «Mi esposa», se dijo, y aquellas dos palabras resonaron en su interior hasta que anularon todo lo demás.

El mundo. Su sentido común. Todo.

Deslizó los dedos por los sensuales labios de Brittany con la esperanza de que saboreara en ellos su propia necesidad. Ver cómo volvía a ruborizarse hizo rugir al animal salvaje que no sabía que acechaba en su interior.

Por una vez en su vida no calculó el resultado de aquel encuentro ni se preocupó por su interpretación. Aquellas cautelas, aquellos disfraces, habían quedado atrás, perdidos entre los deliciosos gemidos que había dejado escapar Brittany mientras la acariciaba, que le habían producido una excitación tan intensa que dolía.

–Cairo –repitió Brittany, y en aquella ocasión su voz fue apenas un susurro, pero Cairo reconoció en este el mismo deseo que latía desbocado en su interior.

Olvidó cómo habían llegado allí. Solo sabía que por fin tenía a Brittany donde quería. «Donde debe estar», gruñó el animal que llevaba dentro.

¿Qué más podía importar?

Deslizó una mano entre ellos y tiró del vestido hacia arriba. Brittany lo miró y se mordió el labio inferior. Y cuando Cairo se situó entre sus delicados muslos, balanceó las caderas contra él para darle una muda bienvenida.

Cairo tomó su boca en un apasionado beso, con la desesperada aspereza de un hombre a punto de estallar. Su sabor, dulcísimo y embriagador, se introdujo en su sangre como una droga celestial, haciéndole perder por completo la cabeza.

Llevaba actuando mucho tiempo. Demasiado tiempo. Pero allí no había cámaras. Allí solo estaban ellos dos. Y quería a Brittany desnuda. La quería sin una sola prenda en su cuerpo perfecto, delicioso, expuesto ante él como un festín. Quería tomarse su tiempo, sumergirse en las sensaciones, hundirse en aquella mujer y jamás salir de ella...

Pero el vestido que llevaba era realmente complicado de quitar, y el primer y frustrado intento de hacerlo le hizo recordar que había gente esperando, que tenía otras cosas que hacer con Brittany aquel día. Como, por ejemplo, casarse.

Solo pudo pensar en una cosa que deseaba aún más en aquellos momentos.

Tomó de nuevo los labios de Brittany en los suyos y invadió su boca con la lengua, imitando con sus movimientos lo que ardía por hacerle con su sexo, tan firme y tenso contra su bragueta que parecía a punto de estallar.

–¿Estás lista? –preguntó.

–Llevo semanas lista –murmuró Brittany.

Cairo deslizó la mano entre sus cuerpos para liberar su miembro de los pantalones y luego volvió a meterla entre las piernas de Brittany. Seguía maravillosamente húmeda, deliciosamente suave, y era suya.

Llevaba esperando aquel momento desde que había visto por primera vez su foto, mucho tiempo atrás. Y su deseo no había hecho más que intensificarse desde que la había conocido. Había imaginado aquella escena mil veces.

Nunca había deseado a otra mujer con aquella intensidad, con aquella pasión.

Con un estremecimiento de anticipación y placer casi doloroso, tanteó la entrada del sexo de Brittany con el suyo y, finalmente, la penetró.

Dolió.

El miembro de Cairo era grande, duro, y había entrado profundamente en ella, y la sensación que le hizo experimentar fue demasiado. Demasiado.

Brittany se puso repentinamente rígida y comenzó golpear con los puños el pecho de Cairo, que se quedó helado.

Había imaginado que podía salirse con la suya fácilmente. Estaba convencida de que todos aquellos años de ejercicio y baile habrían servido para convertir aquello en una nadería, tal y como muchas otras chicas le habían asegurado que había sido para ellas. Había deseado tanto a Cairo que había estado segura de poder entregarse a él sin que notara que era su primera vez.

Pero vio que sus ojos se habían oscurecido y le estaba dedicando una mirada ligeramente acusadora. La expresión de su perfecto rostro era de evidente tensión.

Se mantuvo muy quieto sobre ella, pero eso no impidió que Brittany siguiera sintiendo su acerada longitud profundamente enterrada en ella, ni la extrañeza de su poderoso y viril cuerpo situado entre sus muslos.

La estaba ensanchando. Estaba dentro de ella y la estaba ensanchando y podía sentirlo totalmente.

Pero lo peor de todo era que, sin duda, se había dado cuenta de la verdad.

Brittany sintió que sus ojos se llenaban de lágrimas, algo realmente sorprendente, pues hacía mucho tiempo que no lloraba.

−¿Te importaría explicarme esto? −preguntó Cairo.

Brittany parpadeó para tratar de evitar que las lágrimas se derramaran. Y cuando trató de hablar, lo único que consiguió fue resoplar.

−No llores −ordenó Cairo, y su mirada se suavizó

de un modo que resultó increíblemente reconfortante para Brittany–. No te atrevas a llorar, *tesorina*. Estoy seguro de que a lo largo de tu vida has sobrevivido a situaciones peores que esta.

Un instante antes Brittany había estado a punto de dejar escapar un angustiado sollozo y, de pronto, sintió ganas de reír. Aflojó los puños y deslizó las manos por la camisa de Cairo como si fuera ella la que lo estaba consolando a él.

–Aún no sé si voy a sobrevivir –dijo y, aunque su voz sonó más grave que de costumbre, no había lágrimas en ella.

Sentía a Cairo dentro de ella, duro y asombrosamente caliente. El mero hecho de pensar en ello la dejó sin aliento. Entonces los labios de Cairo se curvaron en una sonrisa y Brittany ya no supo por qué había sentido ganas de llorar hacía un momento.

–Vivirás –murmuró él a la vez que le acariciaba una mejilla con delicadeza–. Te lo prometo.

Brittany experimentó una nueva punzada de dolor a causa de aquel pequeño movimiento, pero enseguida se dio cuenta de que en aquella ocasión el dolor había sido más suave.

–Hoy solo tenemos que llorar la pérdida de tu virtud de doncella –dijo Cairo–. Eso, y tu tendencia a mentirme directamente a la cara son dos temas de los que supongo que seguiremos hablando en los días venideros.

Brittany frunció el ceño.

–Puede que no haya tenido relaciones sexuales antes, pero eso no me convierte en una...

–¿Virgen? Creo que si buscas esa palabra en el

diccionario verás que esa es exactamente su definición.

–Virtuosa –corrigió Brittany con ceño aún más fruncido–. No he sido ni remotamente virtuosa desde que era una niña, y tampoco he sido precisamente una doncella. He tenido tres maridos que podrían confirmármelo.

–Sí, tres maridos –Cairo se movió un poco al decir aquello y Brittany se aferró instintivamente a él. Pero no le dolió. No le dolió nada–. Pero hasta ahora nadie ha estado aquí dentro excepto yo. Deberías habérmelo dicho. No quería hacerte daño. No soy tan monstruoso como crees. No tanto.

–Yo... –aquello excedía demasiado a la experiencia de Brittany. No sabía qué hacer, qué decir. Nunca había experimentado tantas cosas a la vez, tantas sensaciones físicas mezcladas con una riada de emociones, y todo aquello mientras Cairo seguía dentro de ella. Sin hacerle daño. Sin meterle prisa. Sin abandonarla. Como si hubiera podido seguir allí siempre–. No quería que lo supieras.

–¿Porque creías que me importaría o porque pensaste que más adelante supondría una ventaja para sacar más provecho de la situación?

Brittany alzó levemente la barbilla con expresión testaruda.

–No creo que haya ninguna persona que piense que Cairo Santo Domini, santo patrón de los lascivos, tenga el más mínimo interés en si alguien es virgen o no. Tú eres un millón de veces lo contrario a una virgen.

Los oscuros ojos de Cairo destellaron.

–Dada la situación presente, me siento profundamente interesado en el tema, además de profundamente dentro de ti. Puede que sean situaciones relacionadas.

–Si hubiera sabido que una verdadera boda con la novia vestida de blanco te importaba tanto, porque al parecer eres un cliché gigante disfrazado de hombre, me habría asegurado de exigirte más dinero para seguir adelante con esto –replicó Brittany con toda la frialdad que pudo, aunque, dadas las circunstancias, no fue demasiada–. Y si hubiera sabido que eras un cavernícola, te habría rechazado como quise hacer desde el principio.

–Soy un rey, Brittany.

Brittany percibió un destello de asombro en la expresión de Cairo mientras decía aquello, aunque se esfumó de inmediato. Sintió que se endurecía aún más dentro de ella, que se volvía más grande... y fue incapaz de decir una palabra más.

–No soy un cliché, ni un cavernícola, ni común en ningún sentido –continuó Cairo–. Y puede que no tenga un reino ni los súbditos que merezco, pero pienso tener una esposa antes de que acabe el día. Voy a tenerte a ti. Así. Mientras estemos juntos, pienso tenerte exactamente así.

Dijo aquello como si estuviera en el altar haciendo unos votos que fueran a unirlos para siempre. Brittany experimentó un cálido estremecimiento y, dejándose llevar por una urgencia que no llegó a comprender del todo, empezó a mover atrás y adelante las caderas contra Cairo. Y comprobó con interés que aquello no le dolió.

–Juguemos a lo que juguemos ante el público, Brittany, lo que hagamos en privado es cosa nuestra. Más específicamente, mía.

–Creo que quiero que... empieces a moverte dentro de mí –susurró Brittany, y vio un destello de fuego en la mirada de Cairo.

–Tus deseos son órdenes para mí, *tesorina*. Pero antes tienes que decirlo.

–¿Qué quieres que diga? –preguntó Brittany sin dejar de mover las caderas. Las deliciosas sensaciones que comenzaron a recorrer su cuerpo parecieron iluminarla desde los lóbulos de las orejas hasta las duras cimas de sus pezones, y más allá, hasta el cálido centro en el que tan íntimamente conectados se encontraban.

–Dímelo –insistió Cairo a la vez que se retiraba un poco de ella para volver a penetrarla–. Dime que en esto soy tu rey. Que aquí eres mía.

Brittany le habría dicho cualquier cosa en aquel momento. Cualquier cosa.

–Soy tuya –dijo, moviendo la cabeza de un lado a otro en la cama mientras Cairo repetía sus movimientos cada vez con más energía–. Soy toda tuya.

–No sabes lo cierto que es eso, *tesorina* mía –murmuró Cairo con ronca urgencia.

Y entonces empezó a moverse de verdad.

Y Brittany solo pudo rendirse a las abrumadoras sensaciones que se adueñaron de su cuerpo. Era como si se hubiera pasado la vida esperando a que llegara aquel momento, como si aquel fuera el sitio exacto en que debía estar en aquel preciso instante. Como si su cuerpo supiera cosas que su mente no quisiera pararse a examinar.

Sin dejar de moverse, Cairo introdujo una mano entre ellos y comenzó a acariciarla donde más lo necesitaba hasta que, finalmente, Brittany sintió que se precipitaba hacia un abismo de puro placer, deshaciéndose en mil diminutos fragmentos de intensísima luz.

Y, en aquella ocasión, Cairo la siguió al abismo y se derramó cálido y palpitante en su interior a la vez que repetía su nombre y se estremecía con un ronco gemido.

Brittany sintió que permanecieron flotando unidos largo rato en aquella bellísima y sedosa oscuridad.

Pero Cairo ya estaba levantado y moviéndose cuando finalmente sintió que volvía a ocupar su cuerpo y abrió los ojos.

–Quédate donde estás –ordenó.

Y Brittany se limitó a obedecer, sintiéndose increíblemente relajada, floja y perezosa sobre la cama. Había un montón de problemas esperándola en el mundo, pero los ignoró todos. A través de la ventana llegaba a sus oídos el canto de los pájaros, el sonido de la brisa agitando las ramas de los árboles, e incluso imaginó el sonido del lejano mar acariciando las rocas de la costa.

Cuando Cairo volvió a su lado, parpadeó, porque parecía completamente inmaculado a los pies de la cama. Ni una arruga, ni un pelo fuera de lugar. Como si nada de aquello hubiera pasado, mientras que ella podía sentirlo aún entre sus piernas.

Cairo se inclinó hacia ella, apoyó una mano en su estómago y utilizó la otra para secarla delicadamente con el paño que sostenía.

—No has sangrado mucho —dijo en tono desenfadado, y Brittany se ruborizó como si aquellas palabras hubieran sido más íntimas que el acto que acababan de compartir. Cairo dobló el paño y lo colocó en el centro de las braguitas de Brittany antes de subírselas. Luego la tomó de la mano para ayudarla a ponerse en pie y alisó su vestido—. Déjatelo puesto hasta justo antes de avanzar por el pasillo de la iglesia.

Brittany habría querido que la tierra se abriera y se la tragara. Bajó la mirada, abochornada.

—No quiero hablar de esto contigo.

Cairo la tomó con delicadeza por la barbilla para que lo mirara.

—Llevas un vestido blanco y dentro de un rato vas a tener que posar en él ante un montón de cámaras. No es momento de ponerse pudorosa.

Brittany se apartó de él y lo rodeó, asombrada por el hecho de que sus piernas la obedecieran, pues aún no sentía que era completamente ella misma. Se sentía como si la máscara que había llevado puesta toda la vida hubiera saltado hecha añicos y se hubiera quedado sin ningún lugar en que esconderse.

—Esto ha sido un error —murmuró—. No debería haber pasado.

Tuvo que hacer acopio de toda su voluntad para recuperar la compostura, para alzar la barbilla, deslizar las manos por su velo y serenar su expresión. Luego se acercó al espejo y se sorprendió al ver que parecía exactamente la misma de antes. Lo único que tenía que hacer era aplicarse un poco de pintalabios.

Cuando Cairo se situó tras ella, su cuerpo lo reconoció al instante, anheló su contacto. Sintió que se suavizaba en todas partes, y no supo qué hacer al respecto.

Cairo sonrió como si hubiera adivinado exactamente lo que le estaba pasando y la rodeó con una mano por la cintura para atraerla hacia sí. Brittany sintió el calor de su cuerpo por todas partes, como una promesa.

—Dentro de unos minutos vas a estar casada conmigo. Y vas a recordar lo que ha sucedido en esta habitación con cada paso que des por el pasillo. No tengo intención de vivir un matrimonio sin sexo, Brittany. Y menos aún con una mujer que me desea con la intensidad con que tú me deseas. Casi tanto como yo te deseo a ti.

—Yo... —empezó Brittany, pero se interrumpió sin saber qué decir. Lo único que sabía era que deseaba con todas sus fuerzas volver a estar en la cama con Cairo, volver a experimentar aquellas increíbles y deliciosas sensaciones sin preocuparse por lo que les aguardara.

—Siempre planeé seducirte —continuó Cairo—. Y ahora disfrutaré del hecho de haberte estropeado para cualquier otro hombre. Qué lástima...

—Que sentimiento tan encantador —logró decir Brittany, e incluso logró imprimir cierta ironía a su tono—. Pero deberías recordar que he firmado para ser tu esposa temporalmente, no para convertirme en tú... en tú...

Brittany no sabía qué palabra quería utilizar, no sabía cómo definir aquello, pero la letal sonrisa que iluminó en aquellos momentos el rostro de Cairo le hizo olvidar por completo lo que quería decir.

–No te preocupes –dijo él, mirándola con una expresión muy cercana a la ternura–. Serás ambas cosas. Mi esposa y mi reina, aunque sin reino. Pero sobre todo serás mía, Brittany. ¿Lo comprendes? De hecho, ya eres mía.

Capítulo 7

N**O ENTIENDO** –había dicho Brittany unas
semanas antes, cuando Cairo le enseñó los
bocetos del vestido de novia que había encargado a un afamado diseñador de moda italiano–.
Parece el vestido que utilizaría una autentica princesa para casarse. Pensaba que pretendías ofrecer
una imagen bastante más vulgar, más hortera.

–Eso es lo que esperará todo el mundo –dijo Cairo–.
Pero tengo otra cosa en mente.

–Creía que tu intención era horrorizar a todo el
mundo casándote con una advenediza de mala reputación como yo.

–Quiero algo ligeramente más complicado que
una ceremonia de circo y un desfile de mal gusto
–explicó Cairo–. Eso resultaría demasiado obvio. Y
no solo porque fuera así como lo hiciste la última vez
que te casaste muy por encima de tus posibilidades.

Cairo creyó captar un breve destello de tristeza en
la mirada de Brittany cuando le oyó decir aquello,
pero se desvaneció en un instante. Al ver cómo alzaba de inmediato la barbilla con gesto retador, se
preguntó si lo que sucedía era que le habría gustado
que reaccionara así. Si ese sería el motivo por el que
no dejaba de meterse con ella.

Si quería que Brittany sintiera todo lo que tanto temía estar sintiendo él.

–Quieres que sientan lástima por ti –dijo entonces Brittany, que lo miró como si acabara de comprender algo que hasta aquellos momentos se le hubiera escapado–. Quieres que piensen que crees que la mera fuerza de tus sentimientos por mí me convierte en adecuada. Quieres presentar ante el mundo a una fulana vestida como una reina y simular que no notas la diferencia. Quieres que se rían de ti. De mí.

Cairo había tenido que hacer verdaderos esfuerzos para no estremecerse ante la penetrante e inteligente mirada que le estaba dedicando Brittany.

–Así es –había replicado con aparente indiferencia, como si todo aquello le diera completamente igual–. Eso es lo que quiero.

–Sí, quiero –contestó Cairo cuando el celebrante formuló la pregunta del ritual. Su voz surgió clara, fuerte, y alcanzó cada rincón de la capilla en que estaba teniendo lugar la ceremonia, como si quisiera disipar cualquier posible duda sobre el hecho de que se estaba casando con aquella mujer. Su mujer.

Y hasta que Brittany no repitió aquellas palabras, que le produjeron una intensa en inesperada sensación de alivio, Cairo no comprendió que en realidad no había sabido con certeza qué iba a decir. En alguna parte de su mente había llegado a temer que cambiara de opinión en el último instante y saliera corriendo de la capilla como alma que llevara el diablo.

Y allí, en la iglesia, mientras introducía un nuevo anillo en el dedo de Brittany para proclamarla suya, no encontró nada divertido en la posibilidad de que estuviera en algún lugar que no fuera aquel. Con él.

El mundo entero creía conocerla, pero él era el único que la conocía de verdad.

Y ya era suya en todos los sentidos.

–Puede besar a la novia –dijo el cura.

Cairo habría querido hacer bastante más que besarla.

Pero aquello era un escenario. Aquello era una representación. Aquella era su oportunidad de quedar como un tonto enamorado ante las cámaras. No podía olvidar que estaba lanzando un cebo.

Brittany alzó su bonito rostro hacia él y sus ojos le parecieron más oscuros de lo habitual. Habría querido que aquello fuera una evidencia de que se había sentido tan arrebatada como él. Odiaba no saber con exactitud cuánto era real y cuánto era representación por su parte.

Pero eso no había sucedido un rato antes, cuando la había tenido bajo su cuerpo, temblorosa, gimiendo de placer, cuando se había sentido abrasado por el deseo que despertaba en él aquella mujer.

Y cómo deseaba volver a tenerla entre sus brazos...

Cuando la besó sintió cómo temblaba contra él, y Cairo supo de inmediato que ella también estaba recordando lo que acababa de suceder.

–La próxima vez podrías marcarme a fuego tu nombre en la piel –murmuró Brittany contra sus labios–. O tal vez orinar a mi alrededor como un perro.

–¿Eso es una petición o un reto? –replicó Cairo en un susurro, y a continuación, sin darle tiempo a responder con su habitual descaro se volvió con Brittany de la mano hacia todos los presentes.

Por fin tenía a su reina, ¿y qué más daba lo que pudieran pensar aquellos buitres? Él sabía lo que pensaba. Estaba deseando que la luna de miel llegara cuanto antes, pues no le había bastado con probar a Brittany una sola vez.

Lo único que hasta entonces había anhelado en su vida con aquella intensidad había sido su reino y, mientras salían de la iglesia, pensó que debería sentirse avergonzado por haber perdido la perspectiva, aunque solo hubiera sido por unos momentos.

Porque precisamente aquel día era crucial que se mantuviera fiel a su interpretación.

–Jamás creí que llegaría a ver este día –dijo un rato después uno de los supuestos mejores amigos de Cairo con una sonrisa totalmente fingida a la vez que pasaba un brazo por sus hombros–. No necesitabas casarte para asegurar tu reinado. A fin de cuentas llevas toda la vida fuera de tu país, y dan igual los rumores que corran sobre el cercano fin del general Este. ¿A qué ha venido esta boda?

–Todos debemos caer en un momento u otro –replicó Cairo casi con desidia, como si la mención del general no lo afectara. Y se odió cuando siguió diciendo lo que sabía que debía decir–. Y, en mi opinión, es mejor aterrizar en brazos de una mujer que sabe como moverse en torno a una barra de striptease.

–Uno no se casa con la basura –insistió Harry Marbury, alzando la voz lo suficiente como para que llegara hasta Brittany, que charlaba cerca de ellos con una pareja de invitados. Al ver cómo se tensaba, Cairo odió todo aquello, aquellas mentiras, aquella representación, sobre todo porque lo que había sucedido entre ellos antes de la ceremonia había sido real. Lo más real e improvisado que le había sucedido en la vida–. La basura se utiliza y luego los sirvientes la sacan. Tengo entendido que las echan en unos cubos.

Cairo no supo cómo logró contenerse para no estrangular allí mismo a aquel tipo, su supuesto amigo.

Pero no lo hizo porque aquello era precisamente lo que quería. No se había tomado tantas molestias solo para estropearlo todo en un momento de rabia.

Ahora Brittany era su esposa. Su reina en el exilio.

Era suya.

Y aquello era lo que importaba. Aquello y los titulares que los comentarios de Harry ofrecerían a la prensa sensacionalista. Por eso sonrió indulgentemente, palmeó la espalda de Harry como si acabaran de intercambiar una broma, y rio en beneficio de todos los parásitos que los rodeaban, parásitos que fueron apiadándose más y más de él según fue acercándose la recepción a su final. Tal y como había planeado.

Y le resultó mucho más fácil olvidarlo cuando volvió a tener a Brittany entre sus brazos.

Ella ladeó la cabeza mientras bailaban por primera vez como marido y mujer y le dedicó una deslumbrante sonrisa en beneficio del público.

–Pareces completamente colada por mí –dijo

Cairo, y trató de sonar como si la estuviera repren-
diendo, aunque en realidad estaba deseando poner
las manos donde sabía que no debía–. La prensa no
sabrá si calificarte de locamente enamorada o de
materialista.

–Debe ser el romanticismo del día –replicó Brittany
irónicamente–. Se me está subiendo a la cabeza. Antes
de que te des cuenta estaré recitando poesía y diciendo
a los periodistas que lo nuestro fue amor a primera
vista.

Cairo se sintió de pronto como si acabaran de
darle una fuerte bofetada para hacer que despertara.
Trató de decirse que no sabía de qué se trataba, pero
lo sabía. Por supuesto que lo sabía. Anticipación,
deseo... Como si quisiera que todo aquello fuera real.
Como si quisiera que aquello fuera el épico romance
que estaban simulando que era.

Pero él ya sabía lo que sucedía cuando el amor se
veía implicado en la vida real. Lo había vivido. Aún
lo estaba viviendo. El dolor, el horror, el pesar por la
interminable pérdida. Una vida de dolor y culpabili-
dad por la muerte de sus seres queridos. No podía
permitirse volver a sentir nada parecido.

Se había pasado la vida haciendo lo que debía
hacer, no lo que habría querido hacer. Siempre había
hecho la elección más conveniente, sin importarle el
dolor que implicara, sin importarle el precio. Había
aprendido hacía mucho tiempo a dejar sus propios
sentimientos en último lugar, porque ¿qué importaba
él habiendo tantas vidas en juego? Se había convertido en su propia y peor pesadilla. Y debido a ello
había sobrevivido.

Miró a la mujer que encajaba entre sus brazos con la misma perfección con que él había encajado dentro de ella y no supo si en aquella ocasión podría seguir adelante con su actuación. Por primera vez en mucho tiempo deseó hacer algo más que sobrevivir.

Quería más.

—Me estás clavando la mirada —dijo Brittany, que manifestó en su tono lo incómoda que se sentía a pesar de la sonrisa que aún curvaba sus labios.

—Eres mi esposa —Cairo sonó como el hombre en el que con tanto esmero había tratado de evitar convertirse durante toda su vida. Su tono fue como el que recordaba de su padre, imperioso y seguro de sí mismo. Su padre, que se negó a luchar contra el golpe de Estado porque pensó que así se salvarían más vidas. Su padre, que siempre vio su exilio como un mero interludio—. Mi reina.

Los ojos de Brittany destellaron a pesar de la intensa luz del sol que caía de lleno sobre el patio del castillo, donde se estaba celebrando la recepción. Pareció tan distante como lo había parecido siempre sobre el escenario de aquel club de striptease. Expuesta a todos y disponible para ninguno.

Pero Cairo ya había visto lo que había tras aquella máscara. Y él también se había quitado la suya.

Todo había cambiado.

Y no quería que Brittany se distanciara de él ni de lo que había ocurrido entre ellos aquel día.

No quería saber nada de distancias.

Aprovechando un momento adecuado del baile inclinó a Brittany hacia abajo lenta y románticamente y disfrutó viendo la expresión de irritada sorpresa de su mirada. Al alzarla de nuevo la besó, y la llamarada de fuego que despertó el contacto de sus labios quedó suspendida entre ellos, al igual que los murmullos y aplausos de los invitados, a los que ya tenía medio olvidados.

–Eso ha parecido una amenaza –murmuró Brittany entre dientes.

–Ha sido una promesa –replicó Cairo.

Una promesa ardiente que tenía toda la intención de cumplir y mantener una y otra vez, hasta que ambos quedaran exhaustos.

Brittany despertó en la cama de una de las habitaciones para invitados del avión privado de Cairo. Aún vestía el pálido traje amarillo que se había puesto tras la recepción, con el que había sido fotografiada por un mar de paparazzi mientras abordaba con Cairo el avión.

A partir de aquel momento solo recordaba haber entrado en la habitación antes de caer completamente exhausta en aquella cama. También era consciente de que Cairo le había dejado irse, apartarse de él.

«Y acabas de despertarte casada», se dijo.

Pero, a fin de cuentas, aquello no era una novedad para ella.

Pero sí lo era haber perdido su virginidad.

Y también lo era el hecho de haberse casado con una leyenda. Se había convertido en la reina de Cairo Santa Domini. Pasara lo que pasase a partir de entonces, acabara como acabase aquel falso matrimonio, ella siempre sería la primera mujer con la que se había casado Cairo. Aparecería en su información biográfica, en los libros de historia y en las enciclopedias.

Se sentó en la cama y miró a su alrededor como esperando ver a su nuevo marido fisgoneando en algún rincón. Pero Cairo no era de los que fisgoneaban. Estaba sola en el cuarto y no sabía qué hora era ni adónde se dirigían. Cairo se había limitado a decirle que iban a pasar uno o dos meses de luna de miel. Ella no había preguntado dónde porque en realidad le daba igual. ¿Las Maldivas, Nueva York, la luna? ¿Qué más daba?

Aquello era una mera representación y eso seguiría siendo allá donde fueran.

Nada de aquello era real, se dijo mientras se sujetaba el pelo en lo alto de la cabeza con unas horquillas.

Sus otros matrimonios sí le habían parecido reales. Demasiado reales, en algún caso. Pasó su primera noche de bodas encerrada en el baño de la habitación del motel al que la había llevado Darryl antes de empezar a beber como un poseso. Ella era tan inocente por aquel entonces que creía que emborracharse era lo peor que podía hacer un hombre. Pero Darryl se ocupó de enseñarle rápidamente que no era así. Su matrimonio con Carlos fue un mero negocio, y todo lo que hicieron fue en beneficio de la promoción del programa de televisión en el que intervinieron. En cuanto a su boda con Jean Pierre, el único propósito fue irritar a sus hijos y familiares y crear una auténtica conmoción, pero también llevaron su matrimonio como un mero negocio.

Y tampoco sentía que su nuevo matrimonio fuera especialmente real en aquel sentido. Desde luego, no se sentía como una reina, exiliada o no. Pero sí sentía algo mucho más real. Cairo la conocía más profunda e íntimamente que ningún otro de sus maridos.

«Vas a recordar este momento con cada paso que des por el pasillo de la iglesia», había prometido Cairo tras poseerla, y no se había equivocado. Se había sentido temblorosa y excitada durante toda la ceremonia. Había sentido los votos que había hecho Cairo como si aún lo tuviera dentro, moviéndose entre sus piernas, y apenas había sido capaz de pronunciar los suyos.

Sabía que debería estar preocupada por el hecho de no haber utilizado ninguna protección, pero, en realidad, lo único que le preocupaba, lo único que quería saber, era dónde estaba su recién estrenado marido y por qué no estaba en la cama con ella, enseñándole más de las maravillosas cosas que sabía.

Quería aprender cada una de ellas, y no le importaba lo vulnerable que pudieran hacerle sentirse. Ya se preocuparía de ello más adelante, se dijo con firmeza. Cuando Cairo se hubiera ido y ella tuviera toda la vida por delante sin él.

Un insistente zumbido procedente de algún lugar cercano le hizo salir de su ensimismamiento. Necesitó un momento para reconocer que era su móvil. Miró a su alrededor y vio su bolso caído en el suelo, junto a la cama. Cuando sacó el móvil del bolso y vio que era una llamada de su madre, respondió sin pensárselo dos veces. Algo de lo que se arrepintió de inmediato.

–Vaya, vaya –dijo Wanda Mae Hollis desde el
otro lado de la línea con su ronca voz de fumadora–.
Todo un detalle de «Su Majestad» haber respondido
por fin a mi llamada. Llevo semanas llamándote.

–Hola, mamá –dijo Brittany, a la que le costó más
de lo que habría esperado ocultar sus emociones. Las
llamadas de su madre siempre solían ser un ataque,
algo a lo que ya debería haber estado acostumbrada–.
He estado un poco ocupada.

–No hace falta que me digas en qué –replico
Wanda Mae con amargura–. Nadie habla de otra
cosa, vaya donde vaya. Espero que estés satisfecha
de ti misma.

Brittany no entendía por qué había respondido a
aquella llamada. ¿Acaso quería castigarse a sí
misma? Pero en el fondo sabía por qué lo había hecho. A pesar de todo, conservaba la vana esperanza
de que, al menos por una vez, su madre no la criti-
cara por lo que había hecho.

Pero aquella esperanza no era más que una gran
mentira.

–Gracias –dijo, y se esforzó todo lo posible para
que su acento sonara como si nunca hubiera visitado
Mississippi, y mucho menos como si hubiera crecido
allí–. Agradezco tu llamada para darme la enhora-
buena.

Wanda Mae resopló.

–Hoy no he podido dar un paso sin que alguien
me hablara de tus últimas hazañas. ¿Sabes lo que
dicen de ti? ¿Y acaso te importa?

–Supongo que los comentarios no son demasiado
halagadores, y que no me consideran precisamente la

próxima Kate Middleton –replicó Brittany, y se sintió orgullosa de parecer divertida–. Pero es solo una suposición.

–Seguro que esta vez también la vas a fastidiar, aunque te hayas casado con un rey –espetó Wanda Mae.

Brittany suspiró.

–Mi única intención era hacerte daño, mamá. Me has descubierto.

–Te crees muy lista ¿no?

Mientras su madre empezaba a soltar su habitual letanía de reproches, quejas y acusaciones, Brittany no pudo evitar sentir cierto enfermizo alivio. Al menos aquello le recordaba quién era y, sobre todo, quién podría haber llegado a ser.

Wanda Mae jamás había tratado a su hija como algo más que una carga molesta, por mucho dinero que Brittany hubiera enviado a su casa a lo largo de los años, dinero que, al parecer, nunca había sido suficiente. Jamás se había comportado como si la quisiera, aunque solo fuera un poco. Ni a ella, ni a su propia madre, ni a sus otros hijos, de los que se había ocupado principalmente Brittany mientras ella se dedicaba a tontear de bar en bar. Tampoco había valorado nunca que Brittany hubiera sido la única que no se había metido en problemas, que no se había quedado embarazada o había acabado en la cárcel. Ella se había limitado a irse.

A pesar de todo, Brittany encontró cierto alivio en la predecible furia de su madre. Con ella sabía qué esperar, aunque siempre fuera la misma virulencia. Era su madre. Era como siempre habían sido las co-

sas. «Probablemente deberías analizar esos sentimientos», se dijo, y no por primera vez.

A fin de cuentas, por fin había perdido su virginidad. Siempre había creído que aquello nunca llegaría
a suceder y, sin embargo, había sucedido. ¿Y acaso
no sugería aquello que lo demás también podía cambiar?

Pero lo sucedido había hecho que se sintiera como
si una explosión hubiera volado los cimientos sobre
los que se sostenía su vida.

Cairo era el responsable de ello.

Y Brittany no sabía qué podía hacer al respecto. O
si podía hacer algo al respecto.

Y mientras, su madre seguía lanzando dardos ve-
nenoso por su boca, como le gustaba hacer cuando se
ponía en marcha.

No era de extrañar que hubiera respondido a la
llamada. En algún profundo lugar de su interior
Brittany había querido confirmar que al menos algo,
en algún lugar, seguía siendo igual por mucho que
ella hubiera cambiado.

–Solo tú podías ser capaz de casarte con la única
persona del mundo más depravada y pecadora que tú
misma–estaba diciendo Wanda Mae–. ¿Cómo voy a
seguir manteniendo la cabeza alta entre mis conoci-
dos, Brittany?

–Nunca he sabido cómo responder exactamente a
esa pregunta, mamá, pero supongo que deberías utilizar el cuello, como hace todo el mundo.

–Me alegra ver que aún eres capaz de utilizar esa
lengua viperina. Me alegra que pienses que esto es
una gran broma más, como el resto de tu vida. Todo

el mundo sabe la clase de pervertido que es ese hombre con el que te has casado. Todo el mundo sabe cómo es. Probablemente lo elegiste por eso. Te gusta lo degenerado, lo asqueroso...

Sin saber muy bien como, Brittany se encontró de pronto en pie, con el corazón latiendo aceleradamente en su pecho.

–Cuidado, mamá –dijo, y su voz surgió como una afilada cuchilla que cortó en seco la retahíla de su madre–. Ten mucho cuidado. Sigue hablando así de él y puede que no tardes en descubrir que la cuenta de tu banco se ha secado. ¿Cómo seguirás consiguiendo entonces tus cigarrillos y tu cerveza?

–¿Te atreves a amenazar a tu propia madre? –preguntó Wanda Mae, indignada.

–No quiero escuchar tus opiniones sobre este matrimonio.

Wanda Mae resopló.

–De manera que esa es la influencia que tiene ese hombre sobre ti. Esta es la clase criatura egoísta y desagradecida en que te has convertido en su compañía. Te exhibes por todo el mundo sin el más mínimo pudor y luego la tomas con tu pobre...

–Esta es la última advertencia que te hago –interrumpió Brittany en tono gélido–. No estoy bromeando. No quiero escucharte ni un solo comentario más sobre mi marido. Te lo prohíbo.

Wanda Mae enmudeció, pero Brittany no fue capaz de disfrutar de aquella pequeña victoria como habría debido. Se sentía demasiado afectada, demasiado conmocionada. Además, no recordaba haberse defendido jamás de las críticas de su madre.

Pero se negaba a permitirle airear su cólera con Cairo.

Se negaba rotundamente.

Y tampoco quería preguntarse por qué.

–Escúchame, Brittany –dijo su madre tras una larga pausa, y su voz sonó mucho más calmada–. Crees que no sé nada. Te fuiste de Gulfport sin dignarte a volver una sola vez la cabeza, dejando muy claro lo que opinabas sobre los que dejabas atrás. Sé que piensas que todos somos unos paletos, que no somos más que basura.

–No pienso nada parecido –replicó Brittany, odiándose por sentirse tan culpable cada vez que su madre decía aquel tipo de cosas, como si el problema fuera su esnobismo y no la mezcla de negligencia y malicia de su madre–. Creo que no habrías dejado de criticarme nunca ni aunque me hubiera quedado a vivir allí.

–Pero yo sé algunas cosas sobre los hombres ricos y las chicas guapas y pobres –continuó Wanda Mae como si Brittany no hubiera dicho nada–. No hay nada nuevo en ello.

–Hace tiempo que no soy una chica pobre, mamá. Si lo fuera no podría enviarte los cheques que tan puntualmente recibes.

–Es una de las historias más viejas del mundo –insistió Wanda Mae, aparentemente inmune a las palabras de su hija–. A los hombres ricos les gustan los jueguecitos. Les gusta colgarse una chica guapa del brazo y pavonearse con ella. Les gusta asegurarse de que todo el mundo sepa el sacrificio que están haciendo, de lo caritativos que son ocupándose de una jovencita tan pobre y desesperada. Pero luego hacen pagar caro a esas chicas el privilegio de su caridad, de su compañía. Les hacen pagar una y otra vez. Puede que acabes con más dinero, pero te aseguro que ese hombre acabara con lo poco que quede de tu alma.

Brittany abrió la boca para decirle que ella no conocía a Cairo, pero se interrumpió, consternada.

¿Acaso lo conocía ella? ¿Acaso lo conocía alguien? Había estado dentro de ella y sin embargo no lo conocía en absoluto.

—Gracias, mamá —se obligó a decir con toda la calma que pudo—. Tendré en cuenta tus amables consejos.

Interrumpió la llamada mientras su madre seguía sermoneándola y arrojó el teléfono a la cama.

Pero no pudo evitar un frío estremecimiento mientras las palabras de su madre resonaban una y otra vez en su mente. Como si Wanda Mae supiera lo precario que era todo aquello. Como si supiera lo que Cairo le había hecho en el castillo, lo que le había hecho sentir.

¿Qué le estaba pasando? ¿Por qué había defendido a Cairo ante su madre cuando jamás se había defendido a sí misma?

Trató de decirse que su madre solo era una mujer sola y amargada, que no debería escuchar lo que decía. Pero sus palabras siguieron resonando en su mente como una maldición.

O como algo aún peor.

Como una profecía.

Capítulo 8

ATERRIZARON en una pequeña isla del archipiélago de Vanuatu cuando estaba amaneciendo.

—Vanuatu —murmuró Brittany mientras bajaban por la escalerilla del avión. Parecía totalmente conmocionada—. Me has traído a Vanuatu.

Cairo fue incapaz de apartar la mirada de ella cuando se detuvieron a los pies de la escalera. Estaban el mar, la arena blanca y la enorme casa que había comprado en aquel remoto lugar, pero lo único que lograba ver era a su esposa con un arrugado vestido amarillo y el pelo revuelto y sujeto en lo alto de la cabeza.

Brittany tragó saliva mientras miraba a su alrededor, maravillada, y Cairo contempló la delicada y deliciosa línea de su garganta como si en ella estuviera encerrada la clave de algún secreto. La respuesta a preguntas que no sabía ni como formular.

—Es tal y como me lo había imaginado —dijo Brittany en un susurro. Un susurro que resultó demasiado apagado a oídos de Cairo.

—¿No querías venir aquí? —preguntó, y su voz sonó excesivamente áspera en medio de la prístina luz de la mañana, acompañada tan solo por el sonido de la brisa y el mar.

Se sentía como una parodia de sí mismo. Incluso la ropa que vestía parecía delatarlo como un fraude. Una camiseta ceñida al torso. Unos flojos pantalones de lino. Se sentía como un chulo de playa en lugar de como un rey, y aquella sensación le producía una inquietud desconocida.

–Siempre he querido venir aquí –Brittany parpadeó y agitó la cabeza como si quisiera liberar su mente de algo–. De hecho quería venir y quedarme para siempre.

–La isla es tuya –dijo Cairo, casi con brusquedad.

Brittany se volvió a mirarlo, y a Cairo no le gustó nada que su expresión pareciera de preocupación.

–¿Mía? ¿Qué quieres decir con que es mía?

Cairo hizo un gesto para que los empleados domésticos que los aguardaban se ocuparan del equipaje. Luego tomó el brazo de Brittany para enlazarlo con el suyo y avanzó con ella a su lado por el sendero que llevaba a la casa, que los esperaba en la parte más ancha de la pequeña isla. Una isla auténticamente paradisíaca.

Pero en lo único en que logró concentrarse fue en la sensación de la piel de Brittany contra la suya. En sus brazos enlazados.

Jamás se había sentido tan desnudo en su vida.

–Considéralo un regalo de boda.

Cairo no entendía lo que le pasaba. Había pasado veinte horas en el avión sintiéndose más y más desconocido para sí mismo con cada minuto que pasaba. Como si hubiera dejado en aquel castillo de Italia cada una de las máscaras que había llevado hasta entonces. Como si allí, con aquella mujer, fuera un hombre de verdad, un hombre real, auténtico. No un rey exiliado. No una desgracia.

No tenía idea de lo que significaba aquello, pero sí sabía que le producía una sensación parecida a la de estar borracho.

–No puedes dedicarte a regalar islas –dijo Brittany con el ceño fruncido–. Es una locura.

Cairo ignoró aquello y se limitó a disfrutar de la sensación que le producía el contacto de sus brazos, del grácil movimiento del cuerpo de Brittany junto al suyo mientras caminaban, de la deliciosa brisa tropical que bailaba en torno a ellos, haciéndole recordar los momentos en que había estado dentro de ella...

¿Recordarlos? ¿A quién trataba de engañar? No había logrado dejar de pensar en ello desde que había sucedido. Ni siquiera lo había intentado.

–Durante el vuelo he empezado a pensar que me había casado con la Bella Durmiente –dijo, y creyó sentir que Brittany se tensaba un poco a su lado, algo que, absurdamente, le agradó. Le gustaba cualquier reacción que pudiera tener mientras fuera a su lado–. Pero ya sé que soy un rey sin país, no precisamente el Príncipe Azul.

Brittany lo miró un momento y luego volvió la vista hacia el sendero.

–Estaba cansada.

–¿Estás segura de que era eso?

–Claro que estoy segura –replicó Brittany con el ceño fruncido.

–El vuelo ha durado casi veinte horas.

–En ese caso, estaba «muy» cansada.

Cairo trató de esbozar la perezosa sonrisa que

había utilizado casi toda la vida. Debería haberle resultado fácil después de tantos años de práctica, pero
su boca lo traicionó.

—Me alegra saberlo, porque había empezado a
pensar que te estabas escondiendo de mí.

El hecho de que Brittany no retirara de inmediato
su brazo fue como un regalo para Cairo, que cada
vez entendía menos lo que le estaba pasando.

—¿Debería tener algún motivo para querer esconderme de ti? —preguntó Brittany con cautela.

—Dímelo tú.

Pero Brittany permaneció en silencio. Siguieron
caminando mientras las olas acariciaban con suavidad la blanca arena de la playa y la brisa mecía las
grandes hojas de las palmeras.

—Agradezco el detalle —dijo finalmente—. Pero no
puedo aceptar toda una isla como regalo de bodas de
un matrimonio que no va a durar nada.

Cairo sintió que su corazón se encogía aún más
dolorosamente que antes. Estaba seguro de que era el
genio que normalmente mantenía bien oculto en su
interior. O peor aún, la verdad sobre sí mismo que
había tratado de evitar durante todos aquellos años.

—Me temo que ya está hecho —dijo a la vez que se
detenía al final del sendero, donde comenzaba la larga
explanada de hierba que llevaba hasta la casa—. La isla
es tuya, como todo lo que contiene. Mis abogados se
ocuparon de papeleo en cuanto dijiste «sí, quiero».

Brittany se las arregló para retirar su brazo del de
Cairo como si no hubiera sido a propósito. Cairo
habría admirado la eficacia del gesto si no hubiera
odiado perder el contacto con ella.

–No –dijo Brittany con firmeza, y se cruzó de brazos mientras volvía la mirada hacia el horizonte.

–Siento que el regalo no te agrade –dijo Cairo con rigidez–. ¿Cuál es el problema? ¿El tamaño de la isla? ¿La casa? ¿Preferirías algo más grande y recargado? ¿Dubái, tal vez?

–Claro que no –Brittany negó con la cabeza, pero no se volvió a mirarlo–. Crecí en un tráiler con mi madre, su novio de turno y otros cuatro niños. Una casa con una habitación para mí sola es como el cielo para mí. Pero esto... –señaló con su delicada barbilla la casa y cuando miró la Cairo percibió cómo se habían oscurecido sus ojos–. La casa es preciosa, Cairo. Todo es precioso. Es mucho más de lo que había imaginado.

–En ese caso no entiendo cuál es el problema.

Cairo se sentía paralizado, totalmente fuera de su elemento. ¿Y cómo era posible aquello? ¿Cómo era posible que aquella mujer lo hubiera vuelto prácticamente del revés? ¿Qué diablos le había hecho?

Pero creía conocer la respuesta. En ningún momento se le había pasado por la imaginación la posibilidad de que Brittany fuera virgen, de que tras aquella fachada de vampiresa se escondiera una joven inocente. No había lugar en su triste y estropeada vida para la inocencia. No había estado preparado para aquello y se había limitado a reaccionar. No había planeado lo que iba a hacer, como tenía por costumbre. No había interpretado su habitual papel. Los momentos que había pasado con Brittany en la habitación del castillo habían sido los más genuinos de sus veinte últimos años de vida. Y quería más.

Quería a Brittany. Quería ser el hombre que era con ella, no el personaje que interpretaba.

Lo quería todo.

—El problema es que ese era mi sueño –dijo Brittany en un tono demasiado calmado–. Ya te lo dije. «Mi» sueño. No tenías derecho a utilizarlo como parte de esta enfermiza farsa que hemos montado para que el mundo se divierta a nuestra costa.

—Supongo que te refieres a nuestro matrimonio.

Brittany se encogió de hombros.

—A todo el conjunto. No es real. Venir a Vanuatu es un sueño que he alimentado durante años. Es a lo que me he aferrado mientras la prensa publicaba cosas horribles sobre mí o la gente se dedicaba a espetármelas a la cara. Es el sueño que me ha permitido seguir adelante. ¿Cómo has podido imaginar que me gustaría estropearlo con esto? ¿Con alguien como...?

Brittany se interrumpió en seco.

—¿Con alguien como yo? –concluyó Cairo por ella, consciente de que Brittany solo era capaz de ver el juego en que estaban implicados, los papeles que representaban, la criatura en que él se había convertido.

—No sé cuál es tu sueño, Cairo –dijo Brittany, casi con pasión, y absurdamente, para Cairo aquello supuso un progreso–. No puedo imaginarlo.

—Soy un rey sin reino –Cairo rio tras decir aquello, pero su risa sonó forzada, vacía–. ¿Cuál crees tú que debería ser mi sueño, Brittany?

—Yo sueño en algo que sea mío. Completamente mío. Donde nadie pueda verme, especular sobre mí, inventar historias sobre mí. Sueño en un lugar perfecto, natural, a un millón de kilómetros del resto de mundo, en el que pueda desaparecer. ¿Significa eso algo para ti?

–Supongo que significa una casa bien provista de todo, accesible tan solo por mar o por aire, en una de las islas más apartadas de la tierra –Cairo miró a Brittany, en pie sobre la blanca arena de la remota isla del Pacífico Sur en que se hallaban porque él la había llevado allí, directamente hasta su fantasía–. ¿Dónde crees que podría encontrarse un lugar como ese?

–Interpreto un personaje, Cairo. Un papel –Brittany habló rápido, casi con dureza, pero también con pasión. Y Cairo disfrutó de ello más de lo que habría debido, porque aquello significaba que a ella también le estaba afectando la situación–. No he dejado de interpretarlo desde que era una adolescente. Se suponía que Vanuatu sucedería cuando finalmente hubiera podido dejar todo eso atrás, ¡no mientras me hallo sumergida de lleno en una interpretación!

Cairo pensó que estaba preciosa mirándolo con aquel ceño fruncido. Pensó que era aún más preciosa que la isla en que se encontraban. Vio cómo temblaban sus labios antes de que los cerrara con firmeza. Vio como se inclinaba ligeramente hacia atrás, como si quisiera que hubiera más distancia entre ellos, aunque se obligó a permanecer donde estaba.

Aquello no le estaba afectando solo a él. Él no era el único que había perdido su máscara.

–Ven aquí –ordenó.

Cairo tuvo la satisfacción de ver cómo se ablandaba la expresión de Brittany antes de que volviera a fruncir aún más el ceño.

–Estoy a menos de un metro de ti –dijo en tono arisco, y, a pesar de lo absurdo que pudiera resultar, Cairo encontró reconfortante aquel tono. Evidentemente, se estaba volviendo loco.

Pero le daba igual.

Con un aristocrático suspiro de indolente impaciencia, alzó un brazo y rodeó por detrás el cuello de Brittany para atraerla hacia sí.

Cuando sus cuerpos se encontraron, Brittany dejó escapar uno de aquellos suaves ruiditos que enloquecía a Cairo y echó atrás la cabeza para mirarlo. Tenía el ceño fruncido, por supuesto, pero aquello significaba que no se estaba ocultando tras su habitual máscara de compostura, algo que encantó a Cairo.

–Cairo...

–No estamos en ningún escenario. Esto no es una interpretación –murmuró él mientras la retenía con fuerza contra su pecho–. Tú, yo, este lugar. Esto no es para consumo público. Es solo nosotros. Y es real.

Brittany se ruborizó y sus ojos se oscurecieron con la misma necesidad que Cairo sentía latiendo en su interior.

–No hay ningún «nosotros» –susurró–. Aquí no hay nada real.

–Claro que lo hay, *tesorina*. Y sabe así –replicó Cairo, y a continuación se inclinó para reclamar su boca y demostrarle exactamente a qué se refería.

Las semanas que siguieron fueron como un sueño. De hecho, la mejor versión posible de su sueño favorito.

Y Brittany no quería despertar.

La casa y la isla eran aún más maravillosas de lo que había imaginado. El servicio era increíblemente eficiente y discreto, capaz de satisfacer cualquier deseo que tuvieran incluso antes de formularlo. Todo era divino y lujoso más allá de cualquier expectativa que hubiera podido tener.

Pero lo más notable de todo era la soledad que reinaba en aquel lugar. La primera noche que pasaron en la isla, en el amplio y soleado dormitorio que habían compartido desde su llegada, acordaron olvidar por completo el resto del mundo.

–Nadie nos echará de menos durante cinco semanas –dijo Cairo cuando empezaba a anochecer, después de haber ayudado a Brittany a liberarse del jet lag de la manera más deliciosa imaginable–. Apenas notarán que nos hemos ido. Estarán suficientemente ocupados con los titulares que habrán empezado a aparecer después de la boda.

Estaba tumbado en la cama, con Brittany sobre él, disfrutando aún del embriagador calor que habían generado durante aquellas largas horas de placer. Cairo había explorado cada rincón de su cuerpo con sus manos, con sus labios, enseñándole las maravillas que era capaz de hacer con ellos, y le había enseñado a hacer lo mismo con él.

El cuerpo de Brittany había permanecido vibrando tanto tiempo que llegó a pensar que nunca pararía.

–Supongo que tenemos el resto de nuestras vidas para seguir siendo terribles –asintió perezosamente, incapaz de pensar más allá de la sencilla perfección con que encajaban sus cuerpos.

Pero, aunque nunca hubiera tenido relaciones sexuales con nadie antes de Cairo, tampoco era una completa idiota. Sabía que el sexo hacía cometer locuras a la gente. Les hacía imaginar intimidades que luego no existían fuera de la cama. Ella había visto a su madre cometer aquel error una y otra vez y se juró desde muy joven que jamás se convertiría en una pobre ilusa de aquella clase.

Pero podía olvidarse de aquello durante un mes, se dijo. Podía dejarse llevar, sumergirse a fondo en aquella experiencia sin preocuparse por lo que fuera a suceder luego, cuando volvieran a retomar sus vidas públicas. Hasta entonces podían encerrar sus teléfonos y sus portátiles en un armario y dejarse envolver por la paz y la tranquilidad que reinaban en aquella maravillosa isla.

—Creo que ese es el propósito de las lunas de miel —dijo.

Cairo sonrió mientras deslizaba la mano hacía abajo por su espalda desnuda.

—Pensaba que era la oportunidad de dedicarse a hacer fotos en lugares exóticos para subirlas a internet. ¿Estás segura de que no quieres hacerlo?

—Pregúntamelo dentro de un mes —respondió Brittany antes de enterrar el rostro en el tentador hueco que había entre los musculosos pectorales de Cairo.

Los días se fundieron uno con otro, largos y dulces. Pasearon por las playas bajo el sol y bajo las intermitentes lluvias que mantenían la vegetación de la isla fresca y exuberante. Se sentaron bajo la imposible confusión de estrellas que cuajaba el cielo nocturno en aquella latitudes, en las hamacas de la terraza, o abrazados sobre una manta, en la arena. Hablaron, comieron, nadaron. Discutieron de política y hablaron de cine. Leyeron libros de la ecléctica biblioteca que Cairo había encargado para la casa, hablaron de ellos, y leyeron más.

Y se exploraron el uno al otro, con una ferocidad y una concentración que habría conmocionado a Brittany si se hubiera parado a pensar en ello. Pero no pensó en ello. Se limitó a abandonarse a las caricias de Cairo sin preocuparse por nada, sin contenerse, sin alzar barreras de ninguna clase.

En aquella isla no había reyes, ni división de clases, ni paparazzi, ni escándalos. Solo la increíble dulzura de los momentos en que alcanzaban juntos el éxtasis, en la piscina, en la playa, de pie contra un árbol, en el suelo de la habitación en que les gustaba sentarse a leer.

Cairo era insaciable. Brittany llegó a perder la cuenta de las veces que la buscaba en plena noche, de los momentos en que sus miradas se cruzaban durante el día y acababan abrazados, jadeantes, consumidos por un fuego que no parecía apagarse nunca.

Pero aquello no podía durar. O al menos eso fue lo que se dijo Brittany según fueron transcurriendo las semanas de un modo infinitamente mejor de lo que jamás hubiera podio imaginar la noche que rechazó la proposición inicial de Cairo en Montecarlo.

Porque otra cosa que hicieron sin parar durante aquellos días fue hablar. Mantuvieron laberínticas conversaciones que comenzaban un día y no terminaban hasta el siguiente y que solo más tarde Brittany acababa descubriendo como profundamente reveladoras. Hablaron de sus mutuas y diferentes infancias, de sus gustos, de acontecimientos normales, de libros, de deportes, de política, de todo tipo de cosas. Y Brittany acabó conociendo al rey exiliado de Santa Domini mejor que nadie en el mundo. Y él a ella.

Y se dijo que aquella increíble intimidad, totalmente alejada de las máscaras, de las representaciones, no la asustaba. Porque no iba a permitir que la asustara.

Una noche, después de cenar, salieron a la terraza a disfrutar del cielo nocturno. Cairo ocupó una tumbona y Brittany se sentó entre sus piernas, de espaldas a él, más pensativa y callada que de costumbre.

Ya llevaban casi un mes en la isla, algo que no había dejado de recordar todo aquel día. Se acercaba el momento en que Cairo y ella tendrían que ponerse de nuevo sus disfraces para regresar al escenario en que representaban sus vidas.

No le iba a quedar más remedio que despertar del sueño que estaba viviendo, y no quería hacerlo. Y lo que menos le apetecía de todo era tener que enfrentarse al hecho de que no había tenido el periodo por primera vez en su vida. No quería pensar en ello, y mucho menos en las consecuencias que pudiera tener aquel hecho si sus sospechas eran correctas. Un hijo era para siempre, con divorcio o sin él.

Un hijo lo cambiaría todo.

–Pareces estar muy lejos –dijo Cairo tras ella, con voz profunda y perezosa.

Brittany sabía que estaba más relajado que nunca,

y no quería estropearle aquellos días, de manera que se mordió la lengua.

—Solo nos queda una semana de luna de miel –dijo con un suspiro–. Va a ser duro marcharse, volver al escenario y a los titulares.

Cairo alzó una mano para acariciarle el pelo.

—¿Qué harías si ya no hubiera más titulares, si solo te aguardara una vida normal?

Brittany se echó hacia atrás para apoyar la cabeza en el hombro de Cairo.

—¿Una vida normal buena o mala?

Cairo ladeó el rostro para besarla en la frente.

—Supongo que eso es lo que pone a prueba la vida normal. Se vive día a día, sin saber exactamente qué va a pasar. La prensa no interviene constantemente, no convierte cada cosa que uno hace en imágenes o en una narración para vender periódicos.

—Quiero una casita con una valla blanca –dijo Brittany, y se sorprendió a sí misma al escucharse. Pero la imagen que apareció en su mente le hizo experimentar una cálida sensación en su interior–. Quiero cocinar, alimentar a una familia, preocuparme por el colegio y asistir a las reuniones de la asociación de padres. Quiero la vida que la gente parece vivir en los anuncios, con perros labradores y banda sonora incluida.

Cairo rio con suavidad.

—En esa clase de vida no bailarías. Creo que las vallas blancas lo prohíben.

—Bailaría por diversión, no por dinero. El problema de convertir en trabajo lo que te gusta es que tienes que dejar de hacerlo por pasión. Se convierte en una manera de poder pagar los recibos. Aunque sospecho que tú no sabes demasiado de eso.

–Pago mis recibos –dijo Cairo relajadamente, en un tono afectuoso que Brittany sabía que no tardaría en desaparecer. Sobre todo si resultaba que estaba embarazada–. Y bastante más abultados que la mayoría –añadió a la vez que rodeaba con los brazos la cintura de Brittany para estrecharla contra su pecho.

–¿Y qué harías tú si pudieras elegir una vida normal? –preguntó ella–. ¿Cómo sería?

–No sé muy bien qué es una vida normal –contestó Cairo tras permanecer unos segundos pensativo–. No sé cómo es

–Podrías ser un buen empresario, o un economista. O, mejor aún, un trovador ambulante. ¿Te gusta cantar?

–Lo único que sé hacer es ser yo mismo –dijo Cairo con un extraño tono voz.

Sin pensárselo dos veces, Brittany se movió en la tumbona hasta quedar sentada de frente y a horcajadas sobre él. Lo rodeó con los brazos por el cuello y contempló su rostro perfecto, aquellos pómulos imposibles, su fuerte mandíbula, ensombrecida por un esbozo de barba.

Sintió cómo se excitaba debajo de ella y sintió cómo se excitaba ella misma, como se preparaba su cuerpo al instante para su posesión. Pero no hizo nada para ir más allá. Se limitó a contemplar el rostro de Cairo a la luz de las estrellas, la peculiar expresión de sus oscuros ojos.

–En ese caso eso es lo normal –dijo–. Eso es tu vida normal. ¿Por qué cambiarla?

Cairo esbozó una sonrisa.

–Me gusta que me defiendas ante mí mismo, *tesorina*. Pero lo cierto es que nunca me he adaptado –se encogió de hombros y Brittany pensó que iba a besarla, que iba a cambiar de tema con sus caricias, como solía hacer. Pero no fue así–. Me criaron y educaron para ser rey de Santa Domini. Mi padre siempre creyó que su exilio solo sería temporal. Tenía intención de reclamar su trono. Incluso después de su muerte nada cambió. Yo era el rey extraoficial. Daba igual que me empeñara en dejar claro que no era adecuado para el puesto. Todos esperaban que algún día recuperara el trono. Y, a pesar de los años transcurridos, aún siguen esperándolo –buscó con su mirada la de Brittany y sus ojos parecieron cubiertos de oscuros nubarrones–. Lo que es normal para mí es ser la mayor decepción que ha conocido nunca mi gente.

–No –replicó al instante Brittany con firmeza, con total convicción–. Nada en ti es decepcionante.

Algo destelló en la mirada de Cairo, que alzó una mano para acariciarle con dulzura la mejilla.

–No puedo fiarme de ti –murmuró–. Haces que imagine que podría ser no solo un hombre decente, sino el hombre que se suponía que debería haber sido. Te he embrujado con mi magia y no ves con claridad.

–Se equivoca Su Majestad –replicó Brittany con la misma seguridad–. Eres pura magia.

El modo en que la miró entonces Cairo, con el convencimiento de que era el sexo el que hablaba, estuvo a punto romperle el corazón.

Y entonces fue cuando Brittany lo supo. No fue

una conmoción, una sorpresa, sino que llegó a ella con la inevitabilidad de la siguiente ola que acarició la arena de la cercana paya. Amaba a Cairo. Y había sabido desde el principio que aquello iba a suceder.

Aquella era la ruina, la destrucción que había temido desde el primer momento. Amor. Así de simple y aterrador.

Había pasado un mes en aquella isla paradisíaca sin ninguna máscara. Había entregado su virginidad a Cairo. Se había abierto a él de mil formas que ni siquiera sabía que eran posibles y, pasara lo que pasase, incluso aunque estuviera embarazada, no podía lamentarlo. No lo lamentaría.

Pero tampoco podía decírselo. Porque sabía que precisamente el amor podía estropearlo todo entre ellos. Aún más que la posibilidad de que estuviera embarazada.

–No, *tesorina* –dijo Cairo, y su cálida mirada hizo que Brittany se sintiera perdida y triste, como si ya estuvieran de vuelta en Europa y todo hubiera acabado–. Tú eres la magia –añadió antes de besarla.

Brittany le devolvió el beso casi con desesperación, pues sabía que sus besos, sus caricias, estaban contados.

Se movió sobre él y se alzó ligeramente para buscarlo bajo sus pantalones de lino y liberar su satinado miembro entre ellos. Permaneció temblorosa mientras esperaba a que Cairo se ocupara de la protección, como había hecho en cada ocasión, excepto en la primera.

Unos instantes después sintió la cabeza del miembro de Cairo contra los labios de su sexo y movió las caderas para absorberlo en su interior. Descendió lentamente hasta quedar totalmente sentada sobre él.

Cairo dejó escapar un ronco gemido y, cediendo a un impulso que no quiso nombrar, Brittany apoyó la frente sobre la suya. Permanecieron así una eternidad, mirándose, bebiéndose el uno al otro, mientras Cairo se endurecía y latía dentro de ella. Sus bocas estaban tan cercanas que Brittany podría haberlo aspirado si hubiera querido, y era como si ambos fueran conscientes del poco tiempo que les quedaba.

En aquella ocasión, cuando Brittany empezó a moverse fue un baile.

Fue puro júbilo.

Fue amor.

Brittany no podía decírselo a Cairo, de manera que se lo demostró con cada movimiento de sus caderas, con cada deslizamiento arriba y abajo. Cairo le bajó los tirantes del vestido y tomó en la boca uno de sus pezones, enloqueciéndola de placer mientras ella lo amaba con cada parte de su ser. Cuando introdujo la mano entre ellos y la acarició donde más lo necesitaba, Brittany echó la cabeza atrás y dejó escapar un prolongado gemido mientras sentía que sus cuerpos se fundían con aquel infinito cielo cuajado de estrellas.

Y después permanecieron abrazados bajo aquel glorioso cielo hasta que la primeras luces de la mañana iluminaron el horizonte, cuando todo cambió.

Capítulo 9

RICARDO llegó a la isla poco después del amanecer, en un ruidoso helicóptero procedente de Port Vila, la capital de Vanuatu.

Y su llegada no agradó especialmente a Cairo, pues fue un repentino recordatorio de la vida que había abandonado hacía un mes, una vida a la que no quería regresar.

—¿Te esperaba? —preguntó mientras conducía a Ricardo a la habitación en que solía desayunar con Brittany—. Si es así, no lo recordaba.

Debido a la falta de práctica tuvo que esforzarse para utilizar el tono desenfadado que se esperaba de él. Lo cierto era que no le apetecía hablar con nadie que no fuera Brittany. No había querido dejarla en la terraza en la que habían pasado la noche abrazados, aunque no le había quedado más remedio que hacerlo al escuchar el helicóptero. Pero no comprendía las sensaciones que estaba experimentando.

—Ha estado completamente desconectado del mundo durante un mes, señor —contestó Ricardo mientras aceptaba el café que le ofreció Cairo—. Han corrido rumores de que había muerto.

—Siempre corren rumores de esos —dijo Cairo a la vez que movía una mano en un gesto desdeñoso—.

Pero nunca se me ocurriría morir de una forma tan oscura y siendo tan joven. Me aseguraría de morir de un modo mucho más teatral en una gran ciudad en la que se pudiera organizar un gran funeral en beneficio de la prensa.

—El general Estes sufrió un ataque masivo de corazón hace unos días, señor —dijo Ricardo en tono solemne, haciendo caso omiso del frívolo comentario de Cairo—. Fue rápidamente llevado al hospital, pero murió a las pocas horas. Sus ministros han dado un paso al frente y están tratando de mantener la paz, pero nunca han sido más que marionetas. Usted lo sabe muy bien —Ricardo no trató de enmascarar la esperanzada expresión de su rostro cuando se inclinó hacia delante y añadió—: El pueblo está listo, señor.

Cairo recordó la respuesta que le dio su padre poco antes de morir, cuando le preguntó qué pasaría si las cosas no cambiaran y nunca pudieran volver a Santa Domini.

—Es tu deber llevar a tu país en tu corazón vayas donde vayas, regreses o no regreses a él. Debes servir al reino con todo lo que hagas, con todo lo que digas, con cada paso y cada acto de tu vida, Cairo. Esa es tu vocación, tu destino.

Cairo nunca había olvidado aquellas palabras. Ni cuando le comunicaron que todos sus seres queridos habían muerto, ni cuando comprendió que él era el siguiente en la lista del general Estes. Pero en lugar de dejarse llevar por el impulso inicial de dejarse matar, decidió servir a su país sobreviviendo. Aunque siempre fue consciente de que jamás podría gobernarlo.

Pensó en el reino.

Pensó en el general, finalmente muerto con la sangre de toda su familia en sus manos, en las indelebles marcas que sus garras habían dejado para siempre en su corazón, en su ser.

Y pensó en la mujer que le había dicho que era mágico, que había sido capaz de verlo como nadie más lo había hecho en el mundo. Como nadie volvería a hacerlo nunca.

Se había convertido a sí mismo en un hombre totalmente inadecuado para ser rey. Eso no podía deshacerlo. No podía borrar sus actos, ni permitir que un hombre como él ocupara el trono.

No le quedó más remedio que mirar a Ricardo con una expresión insulsamente irónica.

–¿Listo para qué? –preguntó en tono aburrido–. ¿Para el funeral? Estoy seguro de que los hombres del general sabrán ofrecer al pueblo un buen espectáculo –hizo una pausa como si se le acabara de ocurrir algo–. Ya debes saber que no puedo pisar el suelo de Santa Domini, Ricardo. Ni siquiera todos estos años después, cuando a todo el mundo le daría igual.

Vio la incredulidad que reflejó el rostro de Ricardo, seguida de un destello de pura rabia que jamás había visto en su expresión.

–Ricardo –añadió, repentinamente serio–, ¿a qué clase de juego crees que nos hemos estado dedicando a jugar? La meta era recordar al mundo que no soy un hombre adecuado para dirigir un país. ¿Acaso eso ha cambiado?

–Pensaba que... –Ricardo parecía sentirse muy perdido–. Ese es el juego al que estaba jugando, señor, pero ahora se ha terminado. Suponía que solo estábamos ganando tiempo, aguardando el momento.

—Estoy seguro de que ya sabes lo que suele decirse sobre las suposiciones.

Ricardo dejó su taza en la mesa como si temiera que se le fuera a caer en cualquier momento. Cairo abrió la boca con intención de decir algo para remachar aún más en la mente de su ayudante la baja opinión que pudiera tener de él, pero en aquel momento escuchó unos pasos a sus espaldas.

Cuando se volvió vio a Brittany en el umbral de la puerta. Se había puesto un colorido vestido que caía desde un nudo tras su cuello hasta sus pies y, con su pelo cobrizo suelto en torno a sus hombros estaba tan preciosa como de costumbre.

Cairo no había dejado de repetirse semana tras semana que solo estaba encaprichado de ella, que cualquier mañana de aquellas despertaría aburrido de Brittany, como le había sucedido hasta entonces con todas las mujeres con las que había estado. Pero los días y las semanas se habían ido sucediendo y lo único que sentía era un deseo y un anhelo incesantes por ella.

Siempre quería saber lo que pensaba. Sobre el libro que estaba leyendo, sobre el tiempo que iba a hacer, sobre cualquier cosa. Le encantaban las historias que le contaba sobre su infancia en Mississippi, sobre su querida abuela, a la que perdió cuando tenía trece años.

Odiaba no poder tocarla. Odiaba que se mantuviera a distancia como lo estaba haciendo en aquellos momentos, que lo estuviera mirando como si no lo conociera. Y sintió algo muy parecido a la vergüenza por el hecho de que le hubiera visto transformarse del hombre con el que había despertado aquella mañana en el auténtico Cairo Santa Domini, el hombre broma.

—¿Has escuchado? —preguntó en el tono aburrido que tan bien sabía utilizar como el arma que era—. Ricardo se ha molestado en venir hasta aquí para ponerme al tanto de una serie de noticias que en realidad no me conciernen en lo más mínimo.

—Los ministros son los más interesados en que se extiendan los rumores —insistió Ricardo, aún esperanzado—. Quieren elegir cuanto antes otro regente mientras hacen creer a la gente que usted ha abdicado.

—En ese caso, lo mejor es que siga donde estoy —replicó Cairo—. No puedo imaginar nada más aburrido que un motín. Que se las arreglen entre ellos sin contar conmigo.

—No seas tonto —dijo Brittany con el tono frío y cortante que Cairo no le había escuchado utilizar desde que estaban en la isla—. Por supuesto que debes regresar a Europa.

Ricardo de volvió hacia ella y asintió enfáticamente

—Claro que debe volver. Tiene que recuperar su posición.

La fría y distante mirada que Brittany dedicó a Cairo hizo que la calidez que este había sentido envolviendo a su corazón unos momentos antes se convirtiera en hielo.

—Por supuesto. El lugar de mi marido está en los

titulares de la prensa sensacionalista –continuó Brittany, y Cairo se sintió como si acabara de asestarle una puñalada. Una puñalada mortal, afilada como el amor. Porque aquella mujer lo conocía mejor que nadie. Conocía su destino al igual que su corazón. Sabía exactamente cómo hacerle daño, y eso estaba haciendo. Se preguntó qué habría hecho para hacerle reaccionar así. Pero entonces ella siguió hablando–. Y cuanto más morbosos sean los titulares, mejor. A fin de cuentas, así es como nos ganamos la vida.

Brittany esperaba en el vestíbulo del dormitorio principal de la residencia parisina de Cairo. El dormitorio que no compartían, dado que a su regreso de Vanuatu le había asignado otro dos plantas más abajo.

Ya habían pasado varios días desde entonces. París los había recibido con una tristona llovizna y una nube de fotógrafos y periodistas. Brittany se había sentido totalmente fuera de lugar, algo que achacó a la dificultad de hacer la transición de la paradisíaca vida que habían llevado en la isla a la que habían tenido que incorporarse a su regreso.

–Supongo que no esperarán que hables sobre tu país y la línea de sucesión aquí –había comentado la primera noche que tuvieron que asistir a la inauguración de un festival de cine. Había cámaras por todas partes, y Brittany se había sentido especialmente incómoda y agobiada con la situación–. Ojalá nos dejaran en paz.

–No te conviene que nos dejen en paz –dijo Cairo desde el otro extremo del asiento de la limusina en que circulaban, sin apartar la mirada del periódico que estaba hojeando–. Eso te convertiría en algo totalmente obsoleto y inútil para mí.

Aquel había sido más o menos su nivel de encanto desde que habían regresado de Vanuatu.

Dos noches atrás había dedicado una cortante mirada a Brittany cuando se habían reunido en el vestíbulo de su residencia.

–Pareces cansada –dijo secamente–. ¿Estás mala, o algo parecido?

–Gracias por el cumplido –replicó Brittany con toda la indiferencia que pudo–. Pero no hace falta que seas tan brusco. La gente podría pensar que eres un auténtico zopenco –al creer percibir por un momento al Cairo que sabía que había detrás de la máscara, fue incapaz de contenerse–. Y yo sé que no lo eres.

–¿De verdad? –preguntó Cairo en un tono directamente peligroso–. Porque yo no tengo idea de lo que espero encontrarme cada mañana cuando me miro en el espejo. Se suponía que iba a ser un rey, pero he hecho verdaderos esfuerzos para convertirme en un payaso, en una vergüenza para mi apellido. No tengo idea de quién soy... ¿y tú crees saberlo?

–Sé que eres un buen hombre.

–No sabes nada –espetó Cairo–. Lo único que sabes es lo bueno que soy en la cama. Y también sabes que no me sirves de nada pálida y ojerosa. Consulta con un médico o vete. Decídelo tú.

Brittany decidió ir al médico, no porque se lo hubiera ordenado Cairo, sino porque había llegado el momento de hacerlo.

Y su visita al médico le había confirmado lo que ya sospechaba.

–¿Qué haces aquí?

La voz de Cairo le hizo volver al presente. Estaba en el umbral de la puerta del dormitorio, vestido con uno de sus magníficos trajes, con el pelo calculadamente revuelto y una expresión fría y distante en el rostro.

Brittany se dijo que debería odiarlo, pero fue incapaz de sentir odio por él.

–Yo también me alegro de verte –replicó.

–Que yo sepa no teníamos una cita. Y si la hubiéramos tenido no habría sido en mi dormitorio. Prefería verte esta tarde, como teníamos...

–¿Vas a seguir simulando que nunca ha sucedido, que el mes que hemos pasado juntos no ha sido más que un sueño? ¿De verdad has logrado convencerte de eso?

–La luna de miel ha acabado –replicó Cairo con dureza–. Y nunca debería haber tenido lugar. Habría sido mucho mejor para ti que nos hubiéramos mantenido como estábamos. ¿Acaso has llegado a creer que el hecho de que haya disfrutado sexualmente de ti durante unas semanas te hace distinta a los cientos de mujeres que he tenido en mi cama antes que a ti?

Aquellas palabras, y el desdeñoso tono en que fueron pronunciadas, hicieron que Brittany se sintiera repentinamente congelada por dentro.

Pero también pensó que aquello podía suponer una auténtica bendición, porque de pronto sintió que recuperaba a la Brittany que había sido un mes atrás, al personaje con el corazón acorazado en que había llegado a convertirse.

–Tranquilo, Cairo –dijo con su habitual aplomo y compostura–. No estoy haciendo cola para volver a meterme en tu cama. Ya he estado en ella, gracias. Tan solo lo considero una experiencia más.

–En ese caso, nos veremos esta noche. Tenemos un plan muy preciso que seguir, Brittany, y te sugiero que te ciñas a él.

–Será un placer –contestó Brittany con una sonrisa gélida en los labios–. Pero me temo que ha surgido un pequeño contratiempo. Estoy embarazada.

El mundo podía desmoronarse con una sola frase. Cairo lo sabía mejor que la mayoría de los mortales. Pero jamás había imaginado que pudiera volver a sucederle, que, una vez más, su mundo se viera dividido tan nítidamente en el antes y el después.

–¿Cómo? –se oyó decir, y apenas fue capaz de reconocer su propia voz.

Brittany lo miró casi como apiadándose de él

–Vamos, Cairo. Un hombre con la experiencia de la que tanto te gusta hacer gala ante mí y ante la prensa debería saber de sobra «cómo».

Durante unos segundos, Cairo tan solo fue capaz de mirarla.

–No puedes estar embarazada –logró murmurar finalmente.

–Eso mismo le dije yo al doctor –replicó Brittany–. Pero al parecer lo estoy. Supongo que sucedió la primera vez, en el castillo, antes de nuestra boda. Qué romántico, ¿no te parece? Me he tomado al libertad de echar un vistazo a nuestro contrato y no he visto ninguna cláusula que haga referencia a esa contingencia.

—¡Claro que no la hay! —espetó Cairo, vagamente consciente de que había gritado—. Soy el último de los Santa Domini. La línea dinástica acaba en mí. ¡No puede haber otro!

La aparente compostura de Brittany se resquebrajó en aquel momento, y todas las emociones que Cairo había tratado de mantener a raya se precipitaron en su interior al ver como apoyaba una temblorosa mano a la vez que su expresión se suavizaba.

—¿Tan terrible te parece, Cairo?

Cairo sintió que algo se desgarraba en su interior al escuchar el vacilante tono de Brittany.

—¿Crees que me he dedicado a malgastar mi vida apareciendo en los titulares de la prensa sensacionalista por diversión? Lo he hecho para protegerme. Cuanto más desastre fuera como hombre, menos probabilidades habría de que alguien pudiera verme como un rey. De lo contrario, el general Estes me habría hecho matar.

—Pero ahora el general está muerto.

Cairo recorrió la escasa distancia que los separaba y tomó a Brittany con firmeza por los hombros, decidido a hacerle comprender

—No puedo tener un hijo. No puedo condenar a un inocente a esta vida. No soy un buen hombre. Jamás he cumplido una sola expectativa de nadie. Pero no estoy dispuesto a convertirme en un monstruo de esa magnitud. No estoy dispuesto a encerrar a un bebé conmigo en la prisión en que vivo.

Al ver que los ojos de Brittany se llenaban de lágrimas, en lugar de mantenerla a distancia con sus brazos, Cairo la atrajo instintivamente hacia sí.

–Pero no tienes por qué hacer esto solo, Cairo –susurró ella–. ¿No lo entiendes? Ya no estás solo.

–Tenemos un plan que...

–Te quiero –interrumpió Brittany.

Cairo volvió a sentir que el mundo se desmoronaba a su alrededor. Pero no pudo hacer más que lamentar la inevitabilidad de lo que debía hacer.

–No –dijo en tono tajante–. No me quieres.

–Claro que te quiero. Eres el único hombre al que he permitido tocarme. Y no solo te permití tocarme, sino que lo hice sin pensar en las consecuencias. Sé muy bien de dónde vienen los bebés, Cairo. Sabía lo que eran los preservativos antes de saberme mi número de teléfono. Ninguna de esas cosas son accidentes.

Cairo negó enfáticamente con la cabeza, mientras se esforzaba por pensar en algo.

–Tendremos que inventar un amante y decir que el hijo es suyo. Será un gran escándalo. Diremos que trataste de hacerme creer que el bebé era mío...

–No.

Brittany no frunció el ceño ni gritó. Se limitó a permanecer ante él, con la mano apoyada en el vientre, pálida como si su rostro estuviera esculpido en mármol.

–¿No? –repitió Cairo.

–No. Este bebé es tuyo. Yo soy tu esposa. Se han acabado los juegos, Cairo.

–Aceptaste jugar hasta el final.

–Acepté hacerlo con un hombre que no existe –replicó Brittany, emocionada, pero sin vacilar–. Pero entonces me enamoré de ti. Del Cairo de verdad. Del hombre que, en el fondo, es un rey. Del verdadero rey de Santa Domini, sucediera lo que sucediese en el periodo intermedio.

–El verdadero rey de Santa Domini murió en un supuesto accidente de coche hace años –dijo Cairo con áspera amargura–. Yo no soy más que su vergonzosa sombra.

–El general Estes te robó tu país. Mató a tu familia. Te obligó a jugar un juego monstruoso, a meterte en la piel de un personaje en el que crees haberte convertido.

–No es un personaje. Soy yo. ¿Cuántas veces voy a tener que repetírtelo?

–¿Y es eso lo que quieres para este bebé? –preguntó Brittany con suavidad–. ¿Quieres condenarlo al mismo juego, a la misma clase de vida, hasta que acabe creyendo que esa es la vida real?

–No sabes de qué estás hablando –murmuró Cairo.

–Lo que sé es que ni tú ni yo tuvimos ninguna oportunidad –dijo Brittany a la vez que se apartaba de él–. Hicimos lo que teníamos que hacer en su momento y nuestras vidas se han convertido en mera carnaza para la prensa sensacionalista. Pero nuestro hijo merece algo mejor.

–Precisamente por eso nadie debe saber que es mío.

Brittany alzó la barbilla orgullosamente.

–No pienso esconderme y mentir. Soy tu reina y este

es el heredero de tu trono. ¿No entiendes lo que estoy diciendo o es que no quieres entenderlo?

Viendo la determinación del gesto de Brittany, el fuego de su mirada, Cairo sintió que él tampoco quería seguir huyendo de ella, de la única persona que había sido capaz de ver a través de sus máscaras desde que perdió a sus padres.

–Da igual si me amas o no –continuó Brittany–. Lo único que importa es el futuro que pueda tener nuestro hijo. El general ha muerto, Cairo. Tú trono te aguarda. Lo único que tienes que hacer es reclamarlo.

Capítulo 10

TREINTA años después del sangriento golpe de Estado, el Archiduque Felipe Skander Cairo Santa Domini regresó al palacio desde el que había reinado su familia durante generaciones.

El montañoso paisaje que lo rodeaba estaba grabado a fuego en su ser. La verdes colinas, los lagos de aguas cristalinas, latían en su sangre. Le hacían ser quien era.

Cuando cruzó las puertas del palacio, la multitud que había aguardado su llegada rompió en jubilosos vítores.

—Aclaman a su rey, al héroe que ha regresado a salvar a su pueblo —murmuró un orgullosísimo Ricardo a su lado.

Pero Cairo sabía la verdad. Él tan solo era un hombre con muchos defectos y un marido mediocre que iba camino de convertirse en un desastroso padre. Era famoso por todos los motivos equivocados y había dilapidado la mayor parte de su vida a causa del miedo.

Pero nada de aquello importaba, porque había una maravillosa mujer que había sido capaz de ver más allá del monstruo en que se había convertido, que había visto en él al hombre, al rey que era.

Y por fin había llegado el día en que iba a reclamar su trono.

Avanzó con paso firme hasta la sala en que aguardaban los ministros que se habían plegado hasta entonces a las órdenes del general Estes, el general golpista y asesino que había gobernado el país con mano de hierro durante treinta años, que había privado a su población de sus libertades y derechos básicos.

Cuando entró en la sala se encontró frente a un grupo de hombres gruesos y viejos, de manos blandas y blanquecinas, de miradas torvas y cautelosas.

Cairo no dejó que fueran ellos los primeros en hablar.

—Buenas tardes, señores —dijo cuando se detuvo en medio de la sala, bajo la estatua de su abuelo, muy consciente de las numerosas cámaras que tenían sus objetivos enfocados en él, algo que, por primera vez en su vida, agradeció profundamente.

Y también fue muy consciente de que, pasara lo que pasase allí aquel día, por encima de cualquier otro, siempre sería recordado por aquel momento en su vida.

—Soy Cairo, el último de los Santa Domini —dijo con voz firme—. Tengo entendido que llevan treinta años esperando a ejecutarme por el crimen de llevar las sangre de mi padre en las venas —a pesar de la rabia que sentía tronando en su interior, inclinó la cabeza—. Aquí me tienen. Hagan conmigo lo que consideren oportuno.

El avión en el que viajaba Brittany aterrizó al día siguiente en el aeropuerto de Santa Domini.

Los funcionarios que la aguardaban la guiaron sin más preámbulos hasta un gran coche negro de ventanas tintadas en el que fue conducida hasta el palacio escoltada por varios motoristas.

Cuando llegaron le hicieron entrar rápidamente, casi como si estuvieran tratando de esconderla del público. Brittany supuso que aquello era precisamente lo que estaban haciendo. Y aquello era exactamente lo que ella esperaba que hicieran.

Era posible que a Cairo se le hubieran perdonado instantáneamente sus escándalos en cuanto había sido nombrado rey, pero ella era una chica que se había dedicado al striptease para vivir y que se había casado con tres hombres por puro interés. No había perdón para ella. Sobre todo teniendo en cuenta que el rey ni siquiera la amaba.

Se dijo que aquello no le dolía, porque no debía dolerle. Lo importante no era ella, ni su baqueteado corazón, sino el bebé que estaba creciendo en su interior. Y el amor que aquel ser le inspiraba debía bastarle.

Uno de los funcionarios que la acompañaba la dejó en manos de una mujer que la llevó hasta una habitación en que aguardaban varias doncellas que iban a ayudarla a vestirse y acicalarse para la ocasión.

No vio a Cairo hasta que la condujeron al gran balcón del palacio desde el que varios reyes se habían dirigido a su nación durante siglos. Cairo, que aguardaba en el umbral de las puertas abiertas, majestuoso con su uniforme negro y rojo, se limitó a dedicarle una intensa mirada antes de salir a ocupar el podio que lo aguardaba.

Brittany sonrió, porque lo que importaba de verdad era que Cairo hubiera reclamado su trono y hubiera recuperado su reino, lo que significaba que su hijo no tendría que vivir escondiéndose de sí mismo, como le había sucedido a él.

Cuando Cairo le hizo una seña para que acudiera a su lado, sonrió obedientemente y avanzó, orgullosa y elegantísima con el encantador traje plateado que vestía, hasta situarse junto a él. Lo que importaba era que ella lo amara, saber que era capaz de amar. Había temido no ser nunca capaz de ello debido a la familia disfuncional en que había crecido, a la sórdida vida pública que había llevado. Pero amaba a Cairo con todo su corazón, y eso era bueno, pasara lo que pasase después.

—Me he estado escondiendo a la vista de todo el mundo durante casi toda mi vida —dijo Cairo, dirigiéndose a la multitud que abarrotaba el gran patio del castillo—. Creía estar sirviendo a mi país a base de decepcionarlo día tras día. Transformándome en el candidato a rey más improbable que haya existido, me aseguré no solo de sobrevivir, sino de que los viles enemigos de este reino no pudieran vengarse en aquellos que me apoyaban —se interrumpió un momento para deslizar la mirada lentamente de un lado a otro del patio, en el que se había hecho un intenso y respetuosísimo silencio en cuanto había empezado a hablar.

Tras asentir lentamente, como afirmando en su interior la certeza de que lo que estaba haciendo era lo que debía hacer, Cairo siguió hablando. Habló de sus padres, de su hermana perdida, la princesa Magdalena, de todos los que perdieron su vida a causa del sangriento golpe de Estado, y prometió ocuparse de todos aquellos que hubieran sufrido la terrible represión que siguió a este.

–Algunos han querido saber por qué he decidido dar ahora este paso, qué me ha impulsado a volver a reunirme con mi gente, con mi país, con mi verdadera vida –continuó Cairo, y se interrumpió un momento para volver la mirada hacia Brittany. Fue una mirada rápida, pero ella sintió que había penetrado hasta el fondo de su alma, y contuvo el aliento mientras Cairo seguía hablando–. No fue la ignominiosa muerte del dictador lo que me impulsó a dar el paso. Podéis estar seguros de ello. Fue algo mucho menos noble que la necesidad de cumplir con mi deber. Encontré a una mujer que no se sentía en lo más mínimo impresionada por mí y la hice mi reina.

Aquellas palabras fueron como un rayo que hubiera caído repentinamente sobre Brittany, que tuvo que recordarse que el discurso de Cairo estaba siendo televisado para todo el mundo. Sabía muy bien que no era la mujer adecuada para seguir a su lado, pero había supuesto que Cairo haría una declaración adecuada respecto a ella cuando el mundo se hubiera acostumbrado a su regreso al trono, no allí, en aquel momento.

A pesar de todo, alzó orgullosamente la barbilla y se dispuso a seguir escuchando.

–Yo la hice mi reina y ella me hizo un hombre –confesó Cairo al mundo–. Y mientras aprendía a ser la clase de hombre que merecía una reina como Brittany, auténtica, con un corazón de oro, fuerte y valiente, comprendí lo que le debía no solo a ella, sino a todos vosotros, habitantes de Santa Domini. No sabía si reclamaría mi trono o perdería la vida al regresar. Solo sabía que no podría seguir viviendo conmigo mismo si seguía huyendo de mí mismo, si seguía siendo un hombre indigno de su reina, de su país –alzó un brazo y señaló a la multitud–. Os doy mi palabra de que siempre me esforzaré en ser el rey que merecéis, y en servir a este país con cada aliento que me quede en el cuerpo.

A continuación, mientras la multitud estallaba en atronadoras aclamaciones, el rey de Santa Domini se volvió, avanzó hacia Brittany y echó una rodilla en tierra ante ella.

–Brittany –dijo, como si estuvieran a solas, y a pesar de que el micrófono que llevaba en la solapa estaba transmitiendo sus palabras a todo el mundo–. Te quiero.

La multitud rugió al escuchar aquello, y Brittany fue incapaz de contener las lágrimas.

–No... No puedes... Eres un rey.

–Y tú eres una reina –replicó Cairo–. Mi reina.

Entonces Brittany olvidó las cámaras, la multitud, olvidó incluso dónde estaba mientras Cairo se erguía y alargaba las manos hacia ella. Sabía que debía irse, que no merecía estar allí... pero fue incapaz de hacerlo.

No quería alejarse de él.

De manera que tomó en las suyas las manos que Cairo le ofrecía, y la instantánea calidez que experimentó en todo su ser le hizo comprender que había hecho lo correcto, que aquello no podía ser un error.

–Te casaste con un miembro exiliado de la realeza con una terrible reputación y lo convertiste en rey –dijo Cairo sin apartar su mirada de ella–. Llevas el Corazón de Santa Domini en el dedo y tienes mi corazón entre tus manos. Quiero que vuelvas a casarte conmigo, en la catedral en que mis padres y muchos de mis antepasados lo hicieron, para que pueda convertirte ante mi gente en la reina que siempre has sido para mí.

–Si tú crees de verdad que puedo ser la reina que necesitas, te prometo que me esforzaré por estar a la altura de ese honor cada día de mi vida –contestó Brittany con la entereza de una auténtica reina.

Incapaz de contenerse por más tiempo, Cairo la estrechó entre sus brazos y le dedicó una mirada ardiente, hambrienta, como a ella le gustaba

–Te amo –repitió junto al oído de Brittany–. Jamás te dejaré ir de mi lado, *tesorina*. Jamás.

–Más vale que no se le ocurra, Su Enloquecedora Majestad –susurró ella antes de dedicarle unas deslumbrante y demoledora sonrisa–. ¡Imagínate los titulares!

–Sabes que siempre lo hago –replicó Cairo, arrogante y seguro de sí mismo.

Y a continuación, entre el júbilo de la multitud, besó apasionadamente a su amada.

**Aquella aventura llevó a…
un futuro inesperado**

Imogen Holgate había perdido a su madre y estaba convencida de estar viviendo un tiempo prestado, ya que padecía su misma enfermedad.

Fue por eso por lo que decidió olvidarse de la cautela que siempre la había caracterizado e invertir sus ahorros en uno de aquellos viajes por medio mundo que se hacen solo una vez en la vida. Fue en ese periplo cuando conoció al parisino Thierry Girard.

Pero dos semanas de pasión tuvieron consecuencias permanentes…

Y teniendo a alguien más en quien pensar aparte de en sí misma, se aventuró a pedirle ayuda a Thierry. Lo que nunca se habría imaginado era que él iba a acabar poniéndole una alianza en el dedo.

EL FUTURO EN UNA PROMESA

ANNIE WEST

Acepte 2 de nuestras mejores novelas de amor GRATIS

¡Y reciba un regalo sorpresa!

Oferta especial de tiempo limitado

Rellene el cupón y envíelo a

Harlequin Reader Service®
3010 Walden Ave.
P.O. Box 1867
Buffalo, N.Y. 14240-1867

¡Sí! Por favor, envíenme 2 novelas de amor de Harlequin (1 Bianca® y 1 Deseo®) gratis, más el regalo sorpresa. Luego remítanme 4 novelas nuevas todos los meses, las cuales recibiré mucho antes de que aparezcan en librerías, y factúrenme al bajo precio de $3,24 cada una, más $0,25 por envío e impuesto de ventas, si corresponde*. Este es el precio total, y es un ahorro de casi el 20% sobre el precio de portada. !Una oferta excelente! Entiendo que el hecho de aceptar estos libros y el regalo no me obliga en forma alguna a la compra de libros adicionales. Y también que puedo devolver cualquier envío y cancelar en cualquier momento. Aún si decido no comprar ningún otro libro de Harlequin, los 2 libros gratis y el regalo sorpresa son míos para siempre.

416 LBN DU7N

Nombre y apellido	(Por favor, letra de molde)	
Dirección	Apartamento No.	
Ciudad	Estado	Zona postal

Esta oferta se limita a un pedido por hogar y no está disponible para los subscriptores actuales de Deseo® y Bianca®.
*Los términos y precios quedan sujetos a cambios sin aviso previo.
Impuestos de ventas aplican en N.Y.

SPN-03   ©2003 Harlequin Enterprises Limited

Pasión escondida
Sarah M. Anderson

Como primogénito, Chadwick Beaumont no solo había sacrificado todo por la compañía familiar, sino que además había hecho siempre lo que se esperaba de él. Así que, durante años, había mantenido las distancias con la tentación que estaba al otro lado de la puerta de su despacho, Serena Chase, su guapa secretaria.

Pero los negocios no pasaban por un buen momento, su vida personal era un caos y su atractiva secretaria volvía a estar libre… y disponible. ¿Había llegado el momento de ir tras aquello que deseaba?

Lo que el jefe deseaba…

Bianca

Tenían una oportunidad de rectificar los errores del pasado...

Cuando el jeque Zafir el Kalil descubrió que era padre de un niño, hizo todo lo posible para proteger a su hijo, ¡incluso casarse con la mujer que lo había traicionado y que había mantenido a su hijo en secreto!

Darcy Carrick había madurado y no estaba dispuesta a ceder fácilmente ante la voluntad de Zafir. Hubo un tiempo en que su corazón se habría disparado con tan solo oír que Zafir quería que fuera su esposa, sin embargo, después de tanto tiempo hacían falta algo más que palabras cariñosas y seductoras para recuperar su amor...

EL HIJO SECRETO DEL JEQUE

MAGGIE COX